鳥たち

よしもとばなな

集英社文庫

鳥たち

ひどく汚れた足の裏
怪我(けが)してるのか　少し痛いけど
どれが僕の血なのか　わからないね

大きな山の頂で　貴重な生命
身を寄せ合って　あたたかな　温度を抱きしめながら

大きな山の麓には　死者の国
僕らを見上げては　光の玉届けて

ボストンバッグには　3日分の服とあの子の写真
今頃どこかで　泣いてるかもね　それとも　笑ってるかもね

新しい亡骸(なきがら)を　峡谷へ落とす

鳥たちがすかさず啄(ついば)んで　空高く　運んでく
毎日の風景　ずっとつづくね
慣れなきゃ、
いきのこり　ぼくら、

青葉市子(あおばいちこ)「いきのこり●ぼくら」より

秋の光が並木道のささやかな木立を抜けて舗道を照らしていた。

大学通りから駅前のにぎやかな本通りまで、アメリカ松の並木は続く。

この町の町長がどうしてもこの木を植えたいと私財で寄付したという話は有名で、このそんなに高くはない木ばかりだが豊かな並木道は町のシンボルになっている。

濃い緑の葉が深い茶色の幹によく合っている。

少し気温が低くからっとしていて、夏の最高気温もさほどではない、日本にしては比較的乾燥したこの土地では、このような松もなんとか育つ。

その松の実からは貴重なオイルが採れることを、昔アリゾナに住んでいたことがある私は知っている。その気絶しそうなくらいいい香りもねっとりとした質感もみんな覚えている。

セドナのいろいろなお店で、そのオイルから作られたクリームは売っていた。傷にも肌の手入れにも水仕事や紫外線で荒れた手や唇にも、とにかくなんにでも私たちは好んで塗っていたし、実際にすごく効く、松のいい香りがするクリームだった。

この話を誰かとしたい、あの懐かしい香りの話も。

そして、その相手は嵯峨しかいない。そう思う。ぱちぱちと火がはぜる熱い暖炉の前で昔みたいにえんえんえん話したい。

あの頃のことの中でも、この世で私たちだけが抱いている、よかったことだけを。

あと、町中の人に、ほんとうはこの並木道は宝の山なんですよ、と言いたい。

ここで採れた松の実からこつこつとオイルを取り出して、クリームを作って、嵯峨といっしょに町から町へと売り歩いて、ただそれだけで生きていけたらいいのに。

そんなふうに思う。

こんな空のきれいな秋の日には、松の匂いと透明な光がその夢を可能にするような気さえする。

私たちの親たちは彼らの血をこの木の生えていた大地に全て捧げた。だからこの木に対する私たちの思いは特別だ。その魔法は今も私と嵯峨を不思議と温かく包んでいる。

この美しい並木道がある町に住むことを、私たちは気に入っていた。

ひんやりした空気に包まれた木々のトンネルを抜けたら、肺の中の空気が少し冷たくなった。温かい紅茶を飲んで、もっと空想しよう、そんなことを。今日を生きていくために力をくれる空想を。

みんなは私のことを考えすぎるとか気難しいとか言うけれど、そんなことはない。ほんとうはみんながこうやって少しずつ魂を充電しながら生きていくのがいいと思う。

それが私をどういう原理で動かしているか、いつでもきちんと説明できるから。

私の空想の中の嵯峨はいつも、ほんものの嵯峨みたいにむつかしくない。

ほんものの嵯峨みたいにかんしゃくを起こして壁を蹴破ったり、大きなけんかをしたからと言って一ヶ月もむっつりしたりしない。油っこいものを食べるとすぐ下痢したりもしないし、靴下も臭くないし、ひげも生えてこない。

言い換えれば、ほんものの嵯峨はいつも予想外に生々しくて会うたびにびっくりする。

私の頭の中の嵯峨は基本的には幼いときのつるりとした姿のままだ。

私の弟がわりだった嵯峨。笑顔がかわいい、世界でいちばん愛おしい男の子。大人になったら嵯峨を産むと言って、大人たちを笑わせた私だった。

でも、不思議なことにほんもののむつかしい嵯峨の中には、空想の中の嵯峨のいちばん濃いエッセンスがちゃんと含まれている。なにに関しても果てしなく鷹揚(おうよう)だった幼い頃の彼の姿を、私は彼の瞳をのぞき込むときいつも見つけることができる。

「ねえ、あの人、またつけてきてるよ。」

美紗子(みさこ)が私の袖を引っ張って言った。

この女子大で私と美紗子が属しているのは、作家活動をしていて世間的にも有名な少しボヘミアン風の末長（すえなが）という教授が持っているアメリカ文学と詩のゼミだった。

私はそのゼミでの勉強が好きだったので、好きなものが共通している友だちらしきものも何人か作ることができた。

毎年教授が脚本を書いた演劇を末長ゼミの学生が演じて発表するのが学園祭の名物なのだが、私はそれに去年と今年、二回も主役で出ることになった。

それに関してはなにも恥じるところがない。

自分に演じる才能が少しだけ多くあることは、なんとなくわかっていた。役が自分の中に入ってきて私の人格を脇にのける、その瞬間を知っていたからだ。

私はセドナにいるときにも、知り合いが教会でやっていたお芝居の主役を数回したことがあった。今思うと英語だというだけで冷や汗が出る思いだけれど、そのときは子どもだったから度胸があり、なんとも思わずに堂々とやった。天才子役と呼ばれて鼻高々だった時代もある。私は鼻も丸くさほどの美人ではないが、そこそこ背が高くてスタイルがいいし、フォトジェニックなのだと舞台監督によく言われた。

人を大きいくくりで分けたとしたら、ケイト・モスとかヴァネッサ・パラディ系だと自分では思っているのだが、嵯峨はそれを言うと腹を抱えて大笑いするし、未（いま）だにジョニー・デップにも出会わないから、悔しいけれど自称にすぎないのだろう。

主役を二回なんて、と女子大なのでさんざんねたまれもしたが、何人かファンみたいな人たちもできた。手紙やお菓子をもらったり、学外の人なのにこっそり練習を観に来てくれたり。

私は末長教授のお友だちが主宰している、同じく彼が脚本を書いている東京の小劇団の舞台で一度演技をしてみないか、と誘われている。去年の舞台を観て、そのお友だちが私に演じてほしい役があると言ってくれたそうだ。

そんな私を外から見たら、きっと才能を活かし将来への希望に燃える普通の女子大生に見えるだろう、そのことがとても不思議だったし、嬉しかった。

舞台に立ったことが、なにごともおざなりで嵯峨のことばかり心配している私を、日本に帰ってきたもののなじまなくてほとんど引きこもりだった私を、少しだけ外向きにしてくれたから。

アリゾナのセドナに住んでいたことが末長教授と私の縁をつないでくれたことを思うと、あの乾燥した空気や、透けていきそうな青空や、きれいに焼けたチョコレートケーキみたいに連なる山々にも燃えるような感謝を覚えずにはいられない。

その午後は美紗子と学祭の下準備のミーティングに出た。

その後台本のコピーを人数分まとめてとってとじたりしていて帰りがいっしょになった。今回の台本は末長教授が監修して出版した詩の本を下敷きにしていたから、ストーリー性はあまりない。

ほとんど私と美紗子だけが登場人物の朗読劇みたいなものだった。

出演者も後はたった数人。

ゼミの残りの人たちの中に美術学科から転部してきた人がいるせいで、他の人は登場人物が少ない分舞台美術にかかりきりで、ものすごく凝ったセットを毎日校舎の裏で作っていた。それをのぞきに行くのもこのところの日々の楽しみだった。

「大丈夫、つけてきてるんじゃない。あの人は守ってくれているつもりみたいだから。」

私は言った。

「まこちゃんのそういうところ、わからない。いつもこんなふうに男にこっそりと、でも露骨につけられて平気でいられるなんて。だって、そんなに親しいなら、声をかけてくれればいい。並んで歩いたらいいじゃないの。私だって全然普通に挨拶したり話したりするのに。でもまこちゃんは優しいんだと思う。あんなふうに内気な彼を、そのままにしておいてあげているところが。普通、彼女ならもっと彼の性格をいじるよ。」

美紗子は言った。

「それにあの人、ほんとうに彼氏？　単なる幼なじみなの？　だれかにそう聞いたけど。」

学校帰りの並木道で、私がだれかといるかぎり嵯峨は声をかけてこない。新しい人と話すのが面倒なんだと言う。だから、私がひとりになるまで少し離れて後ろをついてくる。

私はそんなとき、嵯峨のためにいっしょにいるだれかをふりきることがどうしてもできない。たまに顔見知りの男の人や目上の人と歩いていて嵯峨を見ない時間が長かったりすると、とても胸が痛む。

息ができないくらいに痛むのに、どうしてもふりきれない。

そんな気持ちになることがあるのを、だれからも教わっていないし、嵯峨だけに集中したらもう可能性が全く閉ざされてしまうような、そんな絶望的な気持ちになる。

嵯峨は仕事を終えてかけつけてきたのだろうから、早くねぎらいの言葉をかけてあげたいと思う。でも、ただ遠くに彼の姿を認めながら歩いていくしかできなかった。

「まこちゃんって、天使のような見た目なだけじゃなくて、天使なんだよ、きっと。そのきれいな天然パーマ、少女マンガの主人公みたいだもの。そしてあの人はまこちゃんにとても憧れているんだね。ストーカーのようでないことは、彼がいつもせっぱつまった表情なのになぜかよくわかる。ただ、あれだけ存在が濃い人とおつきあいするのはちょっとむつかしそうだよね。だって、彼の見た目、とても変わっている。けっこうハンサムだけど、発散してるものが濃厚すぎる。」

美紗子は言った。

私の顔色を見ながら、傷つけないように言葉を選び、いろいろな状況に対応できる表現を選ぶ。そんなデリカシーのあるところが、最近親しくなりつつある美紗子の好きなところだった。

だれかと親しくなると、だんだんもやみたいなものが生じてくる。そのもやが私の考えや行動を少しだけしばるように思う。だから私は人づきあいにはかなり慎重だった。

「私は天使なんかじゃないよ。この天パーも朝は大爆発で、よく髪の毛を濡らしたまま学校に来るくらいだもん。かっこわるいったらない。

それに、嵯峨はきょうだいみたいなものだから。それでもね、血がつながってないのを幸いに、私は彼といつか結婚するつもりでいる。素直に言うと。今はね、彼の赤ちゃんができて、できちゃった結婚を彼が納得してくれるのをこっそり願ってるところ。最近いちばん関心があるのはそこなの。そのくらい、彼を愛してる。」

私は言った。

十月に入ったばかりというのに、雪が降りそうなくらい空気が冷たく、空はしっとりと曇っていた。何層もの色違いのグレーがグラデーションになってカーテンみたいに空を覆っている。

「つまりあなたは彼と婚約してるっていうことなの？」

美紗子は言った。私はまだ空を見ていた。

「いつか、ゆっくり話すね。単にそういうことだけじゃないの。少しは話したけれど、私たち、とにかく複雑な環境で子ども時代を過ごしていて、お互いしかいないときがあったから、切っても切れない関係なの。

そして悲しいけどお互いにきっとできれば忘れたいようなことを土台にいっしょにいるの。それでね、日本に来てから私はうまく嵯峨に接することができなくて、嵯峨は私をあんなふうに変な気配で守るような感じにふるまうしかできなくなっちゃったの。」

私は言った。

その言葉が葉の匂いに混じって空気にすうっと溶けていく。

言えば言うほど、なにもかもが動かしがたいくらいにほんとうになっていく感じがして怖かった。

美紗子は少し考え込んでから、私を見た。

私の恐れを消すほどの優しい目だった。親のような目、そしてなぜか首をかしげた白鳥のような。

興味本位ではない感じがしみじみと伝わってきて、私は心からの微笑み（ほほえみ）を彼女に向けたくなったので、そうした。

微笑みは波紋のように広がって、美紗子の唇にも優しい微笑みが伝染した。

アメリカ松の並木道の真ん中で。

こんな瞬間に、神様が見ていると私は確かに感じる。見て幸せな波をその心に映している と。


「私が思ってるような浮ついた感じではなさそうだし、安心した。ほら、私もうそこから曲がっていってバスに乗るから、今、まこちゃんをひとりにしていいものかどうか、迷っていたの。私が離れたらすぐにあの人が話しかけてくるだろうけど、それって大丈夫なことなのかな？　と思ってさ。率直に聞いてみてよかったよ。もし、あの人と今ふたりきりで話したくないようなら、私が家まで送っていくけど。」

美紗子は言った。

「ふたりもナイトがついていたら、私はほんものの天使かお姫様だね。ありがとう。嵯峨と話すのは日課だし、安全この上ないことだから、大丈夫。今もほとんどいっしょに住んでいるようなものだから。ほんとうに、こんどちゃんと話すね。」

私は言った。

「うん、でもむりして話さなくていいよ。いつか、酔っぱらったりして、話したくなったようなときに。私たちはまだ三年生、こんなふうにいられる時間がいっぱいあるんだから。」

美紗子は言った。

美紗子の鼻の頭に陽がきれいに当たっていた。そのまっすぐな黒髪にもちらりちらりと光が踊る。

「でも、聞いていい？　あの人、いったい何歳なの？　あんなに小さく細くって……うんと歳下なの？」

美紗子は言った。

「ふたつ歳下なんだけど、小さいでしょう、彼。赤ちゃんの頃に彼のお母さまの栄養状態が悪かったんだって。だからいっしょに住むようになってからは、うちの母が彼には特別栄養のあるごはんを作っていた。

そのくらい昔から、いっしょにいるの。きれいごとというのはあんまりなくって。だって、ひげが生えてくるところとか、すね毛が濃くなるところとか、みんな見たもの。向こうもよく夜中に腹痛の私のナプキンをコンビニに買いに行ったりしてるし。

小さかった彼を育ててるのに私もうんと苦労したわ。プリンを作って食べさせたり。ふつうのプリンじゃ栄養が足りないから、パンプディングを焼いてね。メイプルシロップやアガベから作ったシロップをたくさんかけて。また、忌々しいことに、ああいう子に限ってたくさんシロップをかけて栄養を摂らせようとするとすぐに甘すぎるっていうのよね。」

私は言った。

「ああ、ほんとうに、きょうだいっていうか、家族？　もはやあなたは彼のお母さんみたいなものなのね。」

美紗子は心から安心した様子で言った。

そしてじゃあね、と手を振って分かれ道を去っていった。去っていくスカートの裾が木の下の土の色に映えて絵画のようだった。

ほっとしたし、淋しくも思った。

温かい日本の無邪気な大学生としての日常は終わり、今からは生々しい性の時間が始まる。たとえ性的な行為がなくても、ただこの世に男と女である私たちふたりしかいない、重苦しく甘く切ない時間が。

私は嵯峨のことしか考えられなくなる。嵯峨が私のその視線を食べて生きているかぎり、嵯峨を見ていたいと願う。そんなふうにどこにも行けないふたりきりの時間が始まる。お金もない、時間もない、将来の夢もない、過去の重みだけが山ほどある。だからどうしても狭苦しい感じがする。

でもきっといつか私たちは、もっとすがすがしく広々した場所に行くだろうと思っている。ものごとを大きく切り開く、嵯峨にはなぜかそういう力があるのだ。

今はまだしかたない、ふたりでこの重さを背負っていくしかない。

「おはよう。」

立ち止まっている私のところに、嵯峨がやってきた。

ポケットに手を突っ込んで、十六くらいに見える細い体で。

私の身長も決してすごく高いほうではないけれど、彼のほうが私より背が五センチも小さくて、彼の見上げる目の鋭さが、いろんな年代の姿で心に焼きついている。

「もう夕方よ。」

私は微笑んで、彼の手をポケットから出して、包み込んだ。

小さい頃からいつもそうしている。彼の手はいつだってとても冷たいのだ。

私はいつも祈るようにその手を温める。

私の力を全部あげますから、この子を生き残らせてください、という気持ちで。

小さいときはずっとそうしていた。いつのまにか力がつきて眠ってしまうまで。嵯峨に力をあげすぎて、子どもの頃やたらに体ががっちりぷりぷりしていた私はいつのまにか痩せてしまい、嵯峨は確かに元気になった。

人から力をもらって生き残ることができた、そういうことはあるものだから、嵯峨はまこちゃんに感謝しなくてはいけないよ、と私たちの母たちはいつも言っていた。

そのことを思い出すと、いつでもなにかしら手を動かして働きながら、笑い合っている女ふたりの笑顔が浮かんでくる。

嵯峨のお母さんは私の母と、ほんとうに仲良しだった。

今日もはらはらと散る松の葉やそれが作るふかふかしたクッションやたくさんの松ぼっくりの落ちた地面を背景にして、お母さんによく似た嵯峨はすっくと立っていた。

いつでも姿勢がいい嵯峨が好きだ。まるでたったひとりで重い運命を背負っているみたいな、地球の平和を守っているみたいな真剣な立ち姿をしている。

そんな彼には自然が似合う。都会にいると彼はなんだかみすぼらしく見える。でもひとたび木や土のあるところにいると、彼には独特の自信が宿る。そして私は今やそんな彼に守られているような感じがする。立場は十数年ですっかり逆転してしまった。昔はなにもかもから守ってあげていたのに、今の私は嵯峨がいないと生きていけない。

「さっき起きたんだ。パンを夜中じゅう、明け方まで、あほみたいにたくさん焼いていてね。」

嵯峨は言った。

「ほんとうは早朝と昼間焼くところを、もう少し真夜中よりのシフトにしてくれって言ったら、工場長は許してくれた。だから今は自分のペースで寝起きできて、ありがたい。」

「そうよね、私たちどうしたって宵っ張りだから。」

私は言った。

私たち、という言葉が支配的に響きやしなかったか、すごく気になった。

彼の手を包んでいた私の手を包み返して、嵯峨は言った。

「冬休みにアリゾナにいっしょに行かないか。」

「つまりセドナに?」

私は言った。

「そろそろ再訪してみようと思う。もうすぐいろんな昔のことが終わる気がするんだ。だからすっきりしておきたくて。」

嵯峨は言った。

「日本のお墓はすっかり清められたと思う? みんな天国で安らかかしら? 私たちが思い出すたび、天国の人たちには色がついて濃くなるっていう言い伝えがあるけど、ほんとうかな? こんなにしょっちゅう話題にしてお祈りしていたら、もうすっかり生きている人くらいに濃いはずよね。高松(たかまつ)さんも、嵯峨のお母さんも、うちのママも。残念ながら、私のパパだけは写真の中でしか知らないから、あんまり思い描けないんだけど。ちょっと申し訳ない感じがする。」

私は言った。

「うん、間違いない。この世で僕らしかお参りに行かない淋しいお墓だけれど、行けば行くほど、雰囲気が清らかで、ほんとうにいいお墓になったと思う。」

嵯峨は言った。

「でも、前回もそう言ってまたお参りに行ったら、なんだか少しどんよりしていたじゃない、お墓。お参りした私たちの気持ちもとっても後味が悪くって、ささいなことでけんかになったりして。」

私は言った。

「そうなんだ、そう短期間に簡単には行かないけどね。でも、大丈夫だと思う。」

嵯峨は言った。

「じゃあ、とりあえず日曜日に久しぶりにお墓参りに行ってみない？　それで、また考えましょう。」

私は言った。

「おまえは、単にアリゾナに行くのがこわいんだろう。」

嵯峨は言った。そっけなく、つきはなすような調子だった。

その言い方は私を不安にさせた。

「うん、あのあたりに行くのはまだこわい。正直言って、こわい。」

私は言った。

「特にあの峡谷に行くのがこわい。夢の中の死体を思い出すから。」

自分の口から出た死体という言葉の生々しさに思わず息を止めた。

「僕も、たとえ思い出の地をめぐることはよくっても、あそこには行かなくてもいい気がするし、でも、この歳にまでなったら、もう大人なんだからいっそ行ってみたいような気もする。全てをどんな形であれ、書き換えることができる。」

嵯峨は言った。

「どんな変化が起きるかはわからない。僕たちがいっしょに暮らすように今度こそなるかもしれないし。」

「嵯峨以外の人といっしょになることは考えられない。それはほんとうよ。でも、今いっしょに暮らしたって、きっとモヤモヤする。経済的なことだけじゃなくって、まだ私たちなんだか子どものままみたいな気分だから。」

私は彼の目をしっかりと見て言った。

こんなこと全部から逃げだしたい気持ちがほんの少しでもあることを決して悟られないように。

ご先祖さまのお墓に参るならまだ感謝だけでいられる。でも私たちがしょっちゅう行くのは、私の両親と、嵯峨のお母さんと、嵯峨のお母さんの恋人だった高松さんがいっぺんに入っているお墓で、私は自分がものごころつく前に亡くなった父のことは知らなかったけれど、その他のみんなの声はまだ耳に残っているくらい生々しいからだ。

でもきっと嵯峨は私の気持ちなんてみんな知っている。そのことも含めて、私は彼の目を見つめる。私たちの歴史がみんなつまっているその美しい魂の窓を。

「いや、ほうっておいたらおまえはきっと勉強ばかりして尼さんみたいになるか、売れない女優になって金持ちの平和な男と結婚して、人生をなにもかもやりなおすようになるだろう。それができたらどんなにか気持ちいいだろうって、心のどこかで思い続けてるだろう？　もうひとつの人生を生きるほうが、楽だってことも、長くいっしょにいすぎた僕と結婚してもなにも未来がない、これは行き止まりの道だとうっすら思っていることもわかってる。」

嵯峨は言った。

「でもそうではない。わずかな希望の道がある。行き止まりの道、息がつまる場所、そうならないために、生きてるんだから。僕たちはただ引き返してきてるのではない。解散もしない。同じふたりで、新しい場所へと地道に心を移している最中なんだ。」

私たちの死んだ家族の魂を清める、だれの目にも見えない仕事を私も彼もおりにふれてずっと続けているのだった。

そうでもしないと生きているだけでバチがあたる、そのくらいの真剣さで。

「僕たちは楽園に行く。文字通りの楽園に。それが僕らの人生だ。」

嵯峨が言った。

その横顔が夕方の光にくっきりとしてあまりにもきれいだったので、私は見とれ、そしてその言葉の美しさに涙がぽろりと出た。鼻の頭に涙がとまって、透明なしずくを落とした。

「結婚するとしたら、証人は末長教授夫妻に頼んでもいい？」

鼻声で私は言った。

「なんだよ、またその男の名前かよ。」

嵯峨は言った。

「入籍には証人が必要なのよ。他に頼める人がいないでしょ、私たち。信頼できる大人を他に知らないもの。嵯峨はしょっちゅう問題起こして寮の上の人たちとうまくいってないし。ぜいたくは言っていられないんだから。私は子どもを産んで、私生児はいやだから、絶対光野(みつの)っていう名字になるの。だいいちね、そんな幼いことを言う人と同棲(どうせい)とか結婚なんてできるはずがないでしょ。」

私は笑った。

「もう少し納得したらね。それにこっちにだって、証人になってくれそうな人はけっこういるよ。工場長とか、パンの親方とか。」

嵯峨は言った。

「あ、そうか。あのご夫婦たちでもいいんだ。なんだ、けっこう大丈夫なものなのね。赤ちゃんができることに対してはなんとかなると思えるんだけど、入籍となるとなんだか気持ちが細かくなってきりきりしちゃう。姑(しゅうとめ)も舅(しゅうと)もな～んにもいないっていうのに。」

私は笑った。

それは、私たちの間では何回もくりかえされている会話だった。

多少問題はあると言っても、人がここまで心をしっかりと決めていたら、叶(かな)わないことはないだろうと思う。

途中で私たちどちらかが、あるいはどちらかの心が死なないかぎりは。

でも、どんなに確かに見えたものも簡単に、あっという間になくなる様を私たちは見すぎてしまった。

その言葉を飲み込んで、私は嵯峨といっしょに歩いていった。

嵯峨といるときに見える世界はなにもにごりがなくきれいだ。

たとえ町の人が嵯峨の持っている独特の雰囲気を気味悪く思おうと、着たきりの清潔な服がみすぼらしく見えようと、私には全然関係がない。かといって裸の嵯峨だけが嵯峨だと思っているわけでもない。もはや肉体なんてなくても嵯峨は嵯峨だと思えるくらいだ。私にとっては、空も草も木もパンもワインも土もみんな嵯峨だ。私の見るものにはみんな嵯峨の面影がある気がする。

それでも、大学にいながら、たとえば大講堂での講義の最中に嵯峨を思い出したりすると、少しだけ恥ずかしく思うときがある。

まわりの大学生のおしゃれでこぎれいでこだわりのある持ち物や服装と比べると、嵯峨は昭和の子どももみたいなのだ。

「少し冷えたね。まだ冬はこれからなのに。できれば今すぐ熱い紅茶を飲みに行きたいんだけど。」

私は言った。

「いいよ。『シャンティ』に行く?」

嵯峨は言った。

「今日はお金があるから。」

「シャンティ」というのは、この田舎の町で唯一の紅茶専門店だ。

散歩していて発見して、私たちはそのお店をとても気に入った。

なによりも古めかしいところが好きだった。

店の外壁には分厚くツタがからまっていて、椅子の革は張り替えられずにひびがはいっていて、煙草(たばこ)の煙で汚れた白い壁や、よくさらしてある白いポットや、窓から入る薄い光、現代には似合わない古めかしい私たちは、その全てに落ち着いた。

紅茶好きの老夫妻がやっているそのお店では、大きなポットに何杯分も入って500円のダージリンやアールグレイやチャイが飲める。お腹(なか)が減っていたらシナモントーストとチーズトーストも450円で食べられる。

私と嵯峨のデートはいつもそこだった。

それから嵯峨は夜中の仕事がないときだけ、寮に帰らないで私の一人暮らしのアパートに泊まりに来る。

嵯峨があんまり平気で外泊するので寮の管理人にはずっと目のかたきにされていた。最近ではちゃんと外泊届けを出せば問題なくなったという。私とのつきあいの長さを知らせたのだろうし、もうほとんど大人と呼べる年齢になってきているから、ゆるくなったのだろうと彼は言う。

私は彼の寮の部屋に行ったことがない。

こんなに長くいっしょにいて、彼の部屋の様子を知らないのは初めてだった。

しかし、きっと彼にとってそれは最高の自由なのだろう、しゃくにさわるがそう思う。

彼は彼だけの部屋を持ってとっても楽しそうだった。

私がいっしょに住もうよ、と言い出さないのは、その悔しさと、ふたりがほんとうに行き詰まってしまう可能性があるからだ。

ふたりでいると、ふたりとも子どもに戻ってしまう。

そして記憶が私たちを飲み込んでしまい、幽霊たちに囲まれて、ふたりでいられなくなる、そんな予感がするからだ。予感は打ち消しても打ち消しても襲ってきたので、私たちは今、それを少しずつ減らすように調整している。

それに、そうして生まれて初めて歳上の女たちにあれこれ言われない自由をエンジョイしている嵯峨は、結婚するまでは男子寮のほうが気楽だからいいという。

友だちはあまりいないけれど同じ仕事をやっている奴らだし、みんななんらかの形で親がいないから気をつかわないと。どうせパンを焼く仕事をしているのに僕だけ女と住んでるなんて言いにくいから当分は男子寮でいい、お金もほとんどかからないから貯金できるし、俺ら、いっしょにいるのにとことん慣れてきたからさ、と。

それを聞くたびに、嵯峨が遠くに行ったようで淋しくなる。

俺ら、なんて言うようになってなによ、と思う。

前はどこに行くにも私だけにくっついてきたのに。

「窓際の席があいているといいけど。そうしたらポットでお茶を頼んで、長いこといられる。カバーがかかっているからいつまでも熱いままのお茶。」

私は言った。

「うん。」

嵯峨はやっと少し微笑んだ。

それまでは、お芝居を通じて美紗子と急激に親しげになった私のことを少しだけ怒っていたのだろう。

口のはじっこを少し上にあげる痛ましいような微笑みだったが、私にとっては雲の切れ間から光が射してきたときのように、明るく見えた。

熱い紅茶のイメージとその笑顔が重なったとき、今日も一日生きていられるような糧を得たと思った。そういうものを食べながら私の魂は生きている。

体はなにかを食べて栄養にしているが、魂には魂の食べ物が必要だ。

その考えは昔に母たちの師であった高松さんから学んだが、確かなことと思う。もしも魂がなにも食べていなかったりえげつない食べ物でいっぱいになっていたら、結局は人間を動かす両輪の片方であるところの体が壊れるのだ。

魂が汚れてくると、それはなんとなくのイメージなのだが、人間の体の近くにあるもうひとつの透明な体が汚れはじめる。それが実際の肉体に転写されるまでに少し時間がかかるから、みんな病気の原因がわからないと思うのだ。私には、それがたまに見える気がする。あまりにも原因と結果の関係が露骨すぎて怖いくらいにはっきりしている。病気になるのは魂からできているその体と、ほんとうの体にギャップがたくさんできたときなのだと思える。

嵯峨はたいていのとき、この上なくきれいな状態にあった。それは彼の言葉と行動と魂の求めるものがほぼ一致しているからで、そんな人間はなかなかいない。

嵯峨とそんなふうに離れて暮らしたことがなかった私は、嵯峨が男子寮に入って自分の世界をつくりはじめ、自分はアパートに住みはじめてから、淋しくてしかたなくて、しばらくなにも食べられなくなった。

体が食べ物を受けつけず、スープでもクッキーでも少しだけ食べようとしても吐き気がして吐いてしまう。トマトに塩をかけたものだけ、なんとか食べることができた。

そうしたら私の目と舌は、どんどんおいしいトマトを求めはじめた。

だから思い切ってインターネットで高知（こうち）の高価なフルーツトマトを取り寄せ、毎日食べた。他のものが食べられないのだから高くてもよかったのだ。

いつしか肌も尿もトマトくさくなってきて、どうなることかと思った頃、ふと思い立ってそのトマトと塩だけでトマトスープを作ったらどうにか体が受けつけて、温かいものを摂れたことで体はどんどん回復した。

あまりにも嬉しかったので、嵯峨についてきてもらって、トマトにお礼を言いに高知に行ったくらいだ。農園の人も驚いていた。うちのトマトに直接お礼を言いに来てくれた人はこれまでにいないよ、お礼状はよくもらうんだけれど、と言って。フルーツトマトは枝に身を寄せるようにしてぎゅっと小さく生（な）っていた。私はありがとうと言って小さなキスをした。そうしたらトマトも喜びを返してくれた、そんな気がした。

初めて訪れた高知の空は抜けるように青くて、その大地の持つ楽天的な性質がトマトを通じて私に力をくれたんだということがそのときわかった。

　農園のおじさんはおみやげにと私たちにフルーツトマトを一箱くれたので、私と嵯峨はそれにラベンダーの香りがついた塩をふって、ホテルで食べた。

　食べ物なのに気体みたいな、そんなすばらしい味がした。

　気体に近ければ近いほど食べ物はおいしいというのが私の考え方で、パンが大好きな嵯峨はそれを鼻で笑う。そんなにバターを塗って気体もなにもないだろう、と。でも違う、同じようにバターを塗ったパンでも、気体みたいなパンはあるのだ。全粒粉だからとか白いからとかそんな理由ではない。気体みたいって、体にいいってことじゃないの?と彼は言い、違うんだ、と私は首を振る。いつもうまく言えない。

　トマトのお礼参りの旅から帰ってきたら、私はいつのまにか一人暮らしを好きになっていた。

　私をひとりにした嵯峨をはじめはメソメソとしながら恨んでいたけれど、実際のところ嵯峨だけではなく、私にもひとりの時間が必要だったのだ、と心から納得した。

　嵯峨の言うことは、その根気よい考え方のおかげで、だいたい最後にはすばらしい結果になるのだ。

　高知になんのためらいもなくついてきてくれたとき、嵯峨に私をつきはなした罪悪感がないことを知って、嬉しくなった。私と暮らさなかったことをよいほうに持っていこうと、そうなるまで私のとなりにいながらじっと待っていると確信していたんだ、と思った。

それからは嵯峨は毎日のように会いに来てくれるし、ここでの暮らしはなんてシンプルなんだろう。そう思えたり、幸せだと感じるときがほんの少しずつ増えてきた。

最後には死を選んだ母たちだったけれど、私と嵯峨には生きていてほしいと願っていた。

そのことだけが最後の最後に、どん底につかないように私を支えている気がする。

私たちは一生そんな母たちを悼んで生きるように、運命づけられてこの場所にいる。

私の母と嵯峨のお母さんは、高松史郎（しろう）というブラジルから来た神秘主義者の思想に傾倒する仲間だった。

彼はブラジル移民の三世だった。サンパウロの郊外で若いうちから農園と日本料理店を経営していたが三十代で全て人にゆずって旅に出て、国内外の様々なマスターに学ぶために世界を転々としてから日本に帰ってきた。

一人っ子であった高松さんのお母さまが高齢の上、病に倒れたので、看取（みと）るために帰ってきたのだった。

そして彼はお母さまが亡くなるまでの期間だけ、実家で猛然と本を書いた。長年彼がブラジルや世界各国を旅しながら実践してきた生き方や考え方の本だった。

旅先の一夜の恋愛で嵯峨を作ってシングルマザーになった嵯峨のお母さんは、高松さんが本に書いた考え方と療法を実践して膵臓（すいぞう）がんが寛解した。それをきっかけに高松さんに心酔し、何回も会いに行った。ふたりはやがて恋愛関係になり、東京にあった高松さんの実家で連れ子の嵯峨も含めいっしょに暮らしはじめた。

一方、私の母は美しい人だったがとても神経が細く、お嬢様育ちでなにもできない人だった。

変わった精神世界の本ばかり出す出版社の編集者だった父との交際を反対されて家を出てからは、お金持ちだった実家の援助は一切受けられない状態になり、産まれた私が女だったことで、跡継ぎならいてもいいと言っていた祖父母との唯一の縁も消えた。単なるヒッピー崩れの家出娘としてそのまま勘当されてしまったのだ。

父が交通事故で死んでから母はしばらくひとりで私を育てていた。

しかし世慣れていないために精神的にまいってしまい、経済的にも行き詰まって、私を連れて高松さんの家に転がり込んだ。生前父が高松さんと親しくしていたので、母は高松さんにずっといろいろなことを相談していたのだ。

嵯峨のお母さんのほうが少し歳上だったが母とはまるで親友のような関係だったから、同居などという大胆なことも自然にありえたのだろう。

そして、そのふたりの女が周囲の悪いうわさのようにふたりとも高松さんの恋人だったかというと全くそんなことはなく、高松さんの恋人だったのはずっと嵯峨のお母さんだけだった。

父を覚えていない私は高松さんのことをとても好きだった。いっそ母ともつきあってくれてもいいと思っていたくらいだった。子どもだから、そうしたらみんなほんとうに家族になれると思った。そう言ったら大人たちに笑われたのも覚えている。

彼は色黒で、農作業で鍛えたがっちりした体をしていて、瞳は常に黒くきらきら輝いていて、物静かな人だった。嵯峨のお母さんのことは敬い、母のことを娘のように、私と嵯峨のことを孫のようにかわいがってくれた。

高松さんはカリスマのわりにはあらゆる欲が薄くて、甘いものに目がないというかわいらしい欠点以外、がつがつしたところは全然なかった。

静かに執筆したり畑仕事をする素朴な暮らしが大好きで、どれだけ無防備な姿でいても母にも私にも変な目を向けることは一切なかった。

ただ、その三人の大人のまじめさと純粋さと貧乏さが混じり合ったライフスタイルが日に日に狭くなり、極まっていったのは確かなことだ。

嵯峨はお母さんを取られたように思っていて小さいとき彼をあまりよく思っていなかったようだったが、私はそうではなかった。

高松さんには人の気持ちをゆるませる清潔な優しさと情熱があった。

彼が世話をしていた全ての植物と同じように、私も母も彼に心をみんな開いて預けていた。三人は狭いところにたくさんの植物を育てる方法を考えることにどんどん熱中していった。

やがて高松さんは知人がアリゾナからおみやげで持ってきた松の実で作るシンプルなクリーム作りを自分でもしてみたのをきっかけに、北米に住みたいというようになった。さらに熱心に密になっていた彼らは、夢をひとつにした。高松さんの実家と土地を処分して、私の父と自分たちのお墓も建ててから、みんなでアリゾナのセドナに住みはじめた。ビザをどうしていたのかとか、私たちのパスポートはちゃんと期限内だったのかとか、細かいことはわからない。たまにだれかが日本に帰ると言って日常から抜けていたから、格安航空券で行ったり来たりしてなんとかしのいでいたのかもしれない。だれももう残っていないし書類もかなり処分してしまったから、そのへんのことは未だに謎だ。

セドナには高松さんの遠い親戚がやっている小さなゲストハウスがあり、私たちはその厨房(ちゅうぼう)の裏の空いていた小屋にただで住まわせてもらっていた。

その代わり、私の母や嵯峨のお母さんはゲストハウス付属の日本食レストランの手伝いをしていた。そのレストランは宿泊していない人にも開かれていたので車で遠くから人が来たし、おいしかったのでかなり繁盛していた。

高松さんがだましだましずっと持ってもう落ちついた状態と信じていた胃がんが急に末期になってこの世を去ろうとしているとき、嵯峨のお母さんもがんが再発し骨に転移していて、治療をしても望み薄という状態になった。

嵯峨のお母さんは彼といっしょにこの世を去ることに決めた。そしてそれに反対し続ける高松さんが死んだ日に、思い通りに自らの命を絶った。

そしてしばらくしてから、ふたりに取り残された私の母も、自らこの世を去った。

彼らはよく大まじめに、強い意志があれば死んだ後で生と死の中間の世界に行けると話し合っていた。そこには永遠の生と足りないものがない自由自在の場所があることになっていて、みなでそこで暮らすことを切に願っていた。

今思うと、カスタネダや古代メキシコの思想あたりから影響を受けていたのだろう。

嵯峨のお母さんは痛みでかなり気持ちが弱っていて、自分はもう死ぬが嵯峨を後に残すのもしのびないし、向こうでもみんなで会いたいから、嵯峨をいっしょにあちらの世界に連れていこうかな、とふと言ったことがあった。

それを聞いた私は泣いて泣いて本気で嵯峨と離れることに抵抗した。

それを見た私の母は同じく精神的に疲弊してあとのふたりの突然の病の重さに落ち込んではいたものの、子どもを死なせることには猛然と反対した。

そのことで力を得て、私は言った。

「嵯峨は若いでしょう、みんなもう死にかけているかもしれないけど、嵯峨はまだ小さいもん。まだまだ生きるんだから。嵯峨は私が一生責任持って弟として育てるから、どうか生かしてあげて。」

私は嵯峨の手をひっぱって、水のボトルとトルティーヤチップスを持って、自分の部屋に連れていき、鍵をかけて、嵯峨をずっと抱きしめていた。

赤ちゃんのように熱くて柔らかい幼い嵯峨は泣きもせず私をじっと見ていた。まるで親のような私の強い意志に圧倒されていたのか、親が死にかけていることに絶望してなにも感じないようにしていたのか。

嵯峨のお母さんは手術はできない状態だったし、抗がん剤もやる気はなく、知り合いのやっているホスピスに行くと言っていたが、どうせ高松さんが死ぬならタイミングを合わせると言い張った。それを聞いて、母も泣きながら賛成していた。

私は冗談じゃないと思った。この人たちは変だ、と。

そのことをもっと冗談じゃないと思ったのは、高松さんだった。

そんなことをされたら自分の死に罪悪感を持ってしまう。治療を拒んで自分の恋人が死ぬ自由はもちろんあるはずだけれど、できれば最後まで生きようとしていてほしい、と具合も悪かっただろうにそれを全く表に出さず、高松さんははっきりと言った。

私はいつもあの時期のことを考えると、自分の冷たい気持ちにびっくりする。

心に線をひいて、彼らの悲しみがしみこまないようにした。心を閉じていたのでその頃のことは機械のようにしか記憶していない。いろいろな場面がある、それだけのようにふるまっていた。

そんなに苦しいなら、頼りにしている唯一の人が死ぬのが耐えられないなら、みんな死んでしまえばいい、でも私と嵯峨は生きていたい、いっしょにしないで、冷たくそう思っていた。それが精一杯の意地であり抵抗だった。

なんて愚かでかわいそうだったのだろう、あの私。

嵯峨だけを守ろうと精一杯だった、幼い私。

親というものはなんだかんだ言って決して自分を残して死ぬはずがない、むしろ永遠に生きているものなんだと心のどこかで信じきっている私を、弱った母はどんなに哀れに思っただろう。

それから起こったことは、幸せな祭りの日々の終わりであり、まるで悪夢の連続だった。

高松さんが死んだ日、嵯峨のお母さんは病室で首をつり、病院だっただけにいろいろ早急に処置を受けることができたが、そのまま亡くなった。

嵯峨への短い、さっぱりとした手紙を残して。

嵯峨はしばらく感情を全く失くして、呆然(ぼうぜん)としたままなんとなく私にくっついて生活していた。

私は自分のことを嵯峨の親でいなくてはと思ったから、自分も感情を失くしてだまってそばにいた。嵯峨のお母さんのことを思い出すと、気が遠くなりそうだった。まして私たちにとってとても大きな存在だった高松さんのいない生活の味気なさを埋める方法は、子どもだからこそ全くなかった。ただ受け止めてがまんするしかない、あのような人は他にいないことだけはわかるから、そういうふうだった。

抱きしめるとか、慰めるとかそんなことが届くようなレベルのできごとではなかった。亡くなった人たちがどんなに安らかであったとしても、残されたものにとってはただつらく重苦しい日々だった。淋しいなんていうものではなかった。真っ暗なアリゾナの夜、たくさんの星の下で、体がきしんで引き裂けるような感じだった。

私の母は、しばらくのあいだ私たちを必死で育ててひとりがんばっていたが、次第に人間関係や仕事の疲れがひどくなり、かといって日本に帰っても行くところがないと思い詰め、鬱で寝たきりになった。

私たちがそろそろ十代になろうとしていたときのことだった。母は寝たきりになりながらも必死で私たちが日本に帰るためのお金をかきあつめて私たちに残し、知り合いの家からこっそり盗んできた銃で自殺した。

子どもだったから、いくら頼み込んでも現場は見せてもらえなかった。

死んだ母の足しか見えなかった。足はいつもの母の足だった。なんの傷もなく色も悪くなく、普通に寝ているときの母の足。

足の指が長くて、いつも裸足だったけれど妖精のようにきれいだったその形。

横になった母の足がすんなりと伸びて重なっているところは、私の知っているいろいろな美しいものの中でもそうとうに上に属する眺めだったのに。

自殺ってなんていういやな言葉だろうと私は思う。なんの救いもない。

いっぺんに死を見すぎた私と嵯峨は、できることならそうっとそのままアメリカにいたかった。

でも家もないしまだ成人してないから立場も弱く、いつまでも知り合いのところでやっかいになるわけにもいかないし、ちゃんとしたビザもないし、戸籍もまだ日本にあった。そのうち知らせを受けた日本の親戚がしぶしぶ迎えに来たので、やむなく日本に帰った。

大人たちが残していたお金と双方の親戚の寄付で、嵯峨は今住んでいる寮と働いているパン工房と店舗がある施設に入り、私は幼稚園から大学まで続く全寮制の女子校からそのまま付属の今の大学に進んだ。

迎えに来た親戚は少し離れた東京に住んでいるけれど、会うことはない。

お金なら奨学金を借りたりしてなんとかするからいっしょに学校に行って勉強しよう

と言ったのに、嵯峨は少しでも早く働きたいし、体を動かしたい、大人になりたい、と言って、中学を卒業したらすぐにボランティアを経て実際に働きはじめた。はじめは新聞配達や機械の部品を作ったり、印刷物をまとめる工場のバイトをしていた。そしてパン屋のプロジェクトが始動してからは水を得た魚のように、研修、実践と進んですっかりプロのパン職人に成長した。

体を動かすことで彼は確かに大人っぽい体つきになってきた。日に日に力も強くなり、頼もしい。

私には手が届かない存在だと感じることもある。もともと貧弱だった彼の身体はたくましく大きくなることはなかったが、目に見えて丈夫になり、持久力がついてきた。もともと幼い頃に健康的な食事をしていたから、土台はきっちりしていたのだろう。

そしてパンを作る仕事についてからは、不似合いなほど腕の筋肉だけが発達した。そのアンバランスな感じも私にとっては愛おしかったが、彼の「なにをして暮らしているのかちっともわからない」雰囲気をいっそう際だたせていた。

小さくて細くて顔がきれいで時々昔のくせが出てちょっと猫背ぎみで、腕だけは大きな彼はなんだか得体がしれない感じがするのだ。

その日嵯峨は泊まっていけなかったので、私はひとりの部屋に帰った。

私はワンルームマンションの閉塞感が好きではなかったので、あえて嵯峨の男子寮と同じくらいボロいアパートに住んでいた。お金も節約できるし、陽あたりも風通しもいい。隙間がありすぎて冷暖房がちっともきかなかったが、寒ければ服を着るか寝てしまえばいい。暑ければ何回も水風呂に入ればいい。

さすがに防犯上一階はさけて二階を選んだ。

私はベランダに小さなハーブ園を作り、ローズマリーやミントやチャイブやバジルや山椒(さんしょ)や紫蘇(しそ)、時にはトマトや茄子(なす)やゴーヤやキュウリやじゃがいも、カボチャなど、とにかく作れるものをひたすらに育てていた。部屋の中も秋と冬は取り込んだ植物でいっぱいだが、家具はひとつもない。立て付けが悪くて風が吹くとガラスががたがた揺れるような部屋だ。

玄関の下駄箱の上には、高松さんと嵯峨のお母さんと母と私と嵯峨の集合写真が飾ってある。

セドナのエアポートメサの岩の上で並んで撮った写真だ。

岩に美しい光が当たり、みんな夢見ているような笑顔をしている。

私はみんなにただいま、と言い、みながあちらの望んでいた世界に無事に到着したことと、お花畑のようなところにいるようにと小さく祈る。

よく知らない父のことも、祈る。父と母の写真はそのとなりに並んでいる。簡素な白い服を着たふたりの、かけおち結婚式の写真だ。

きれいなお水をそなえて、お香を焚いて、しばらくみんなのことを考える。

楽しかったシャスタやサンフランシスコ、そしてセドナでの日々のことを考える。

休日にまかないで持ってきたマグロをづけにして手巻き寿司を作ったことや、庭のそうじを毎日したこと。レストランのお皿を洗うのを手伝ったこと。

そしてとてもきれいだった、朝のシャスタ山のてっぺんにあった白い雪のことを考える。澄んだ湖面に山が映って、透明な甘い色に揺れていた。ほんものの木や山よりもずっと美しく手が届かない神聖な気配に満ちて。

セドナに落ち着く前、短期間シャスタの貸部屋に住んでいた頃、みんなでハートトレイクに向かって山道を登っていたときに、知らないおじいさんの声が聞こえてきたことがあった。

「わしの場所に入るのはだれだ。」

怒ったような声だった。

あたりを見回してもだれもいなかったし、だれも気づいていなかったので、私はどきどきしながら、心の中で、

「日本から来ました。ごめんなさい、散歩しているだけなんです。」

と言った。

真っ青な空と、地を這うように低く地面を覆っている乾いた緑色の草と、ジュニパーがねじれてぎっしりと生えているその空間の中、ふっと気配がゆるんで、大きな岩山が返事をした。

「そうかそうか、入っていいよ、ゆっくりしていきなさい。」

ああ、きっとここで暮らしたおじいさんの霊が山とひとつになってまだここにいるんだ、と私は思った。

そのあまりにも大きな心や声の優しさ、私の全てをどこまでも受け入れて歓迎してくれている感じに私は打たれ、自然に涙が出てきた。歴史上のあらゆるおじいさんやお父さんのいちばん優しく大らかな部分のエッセンスがぎゅっとそこにはつまっていた。これまでどのような人間にもそんなふうにしてもらったことはない、そのくらい優しいものだった。

嵯峨は前をぴょんぴょん歩いていたが、私の様子に気づいて、

「あれ？　なんか急に優しい顔になってる、だれかに優しくされた？」

と聞いてきた。嵯峨は昔から勘が鋭いのだ。

「うん、この場所に受け入れてもらったことがわかった。ここがとても好きになりそう。」

私は言った。

「ありがとうって言っときな。」

嵯峨は言った。

ありがとう、と私は口に出して言い、どうして人間はこんなふうではなく、あまりにも狭量なのだろう、と子どもながら切実に思った。

丸ごとの情報を伝えれば、それなりのことが起きるのが自然の世界だった。少なくとも私はそう思っていた。

しかし同じ頃ルイジアナでは、無断でよその家の庭に入った子どもが大人に撃ち殺されていたのだった。

その対比は人間の心がいかに狭く恐ろしくなりうるかを幼い私の心に焼きつけた。

今もその気持ちは変わっていない。

だんだんと壊れていく母や、そして驚くほど保守的で狭量な一部のアメリカ人たちに接して、その後にはお金がないと人間として見てもらえない日本の人たちや、みなしごに対しての興味本位の視線、あまりにもかわいげがなくお金もなかった私たちにすぐ距離を置いた親戚たちを見て、むしろどんどん強固になっていった。

いつも私は自分の部屋につくとまずお湯を沸かしてお茶をいれるのだが、紅茶を飲みすぎてまだお腹がたぷんたぷんだったので、そして実際にお腹を見てみたらおへそのところがふくらむくらい液体がいっぱい入っているように見えたので、やめた。

ただカーテンを閉めてぺたんと床に座った。

今日もよくがんばったし、やっとひとりきりになれた。

窓辺のジャスミンの葉っぱを見ていたらなぜか涙がどんどん出てきたので、しばらく泣いた。

私にはそういうことがよくある。涙がたまってきて、胸がいっぱいになる。

まるで性欲のように、泣きたい気持ちがたまってくるのだ。

これまで見た悲しいものや、幸せだった場面や、今日の嵯峨の立ち姿の映像などがだんだんたまってきて、どこにも行き場のない想(おも)いがあふれてくる。生きにくい自分、他のだれもと等しく人生からはぐれている自分、そのことに気づいてしまう弱さまで持っている。

嵯峨だってそのことにずいぶん早くに気づいてしまったから、あんなふうに私をつけまわしたり必要以上にすっくと立っているのだと思うと、ますます泣けてきた。

こんなとき母や嵯峨のお母さんや高松さんが生きていてくれたら、と私は思った。父のことは覚えてないけれど、父にも会ってみたかった。私のまわりにいたその大人たちは、みんなこの世を生きていくにはいい人すぎて死んでしまったように私には思えた。

みんなで昔みたいに、ベイビーケールの葉を軽く素揚げしてそれを山盛りにかごに入れて塩をふったものを、わいわい言いながらむさぼるように食べたりしたかった。

それは高松さんの大好物で、市場でいいケールを見つけたらいつでも嵯峨のお母さんがさくさくに揚げてくれた。あの楽しい雰囲気や大人に守られている空間の広さをまた味わいたかった。

あれが私たちの家族だった。少しゆがんでいたけれど、確かにいっしょにいて、楽しかった。

だから今の私たちには行き場がない。ふるさとと呼べるほどここにはなじんでいないし、セドナにも帰りたいけれど、まだ帰れない。いや、今のセドナに帰りたいわけではなくて、あの頃に戻りたいだけなのかもしれない。でもそのことは決して深く考えちゃいけないと思うようにしている。

行き場がちゃんとある人なんてきっとほんとうはいないんだから。

でも、自分が自分自身の中にすっぽり収まっている人はいる。まるで時間の流れがその人に味方しているように優雅に見える人。私はどんなに時間がかかっても、そういうものを目指している。

「まこちゃんが演劇の才能があるのはみんな知ってるし、主役なのはわかるけれど、私がその次っていうので、けっこういじめられてる。すごいプレッシャー。」

学食でいっしょにごはんを食べながら美紗子が言った。

プラスチックの清潔な食器、きれいに盛りつけられたごはん。それを見るたびに私は恵まれていると思う。学食って夢のようだと思う。こんなごちそうが毎日安価で食べられる。

「いじめられてる？　だれに？」

私は言った。

「水野(みずの)さんたちに、うわさを流されたりしてる。」

美紗子は言った。目の下に少し隈(くま)ができていた。

「美紗子は、私と違って知り合いが多いし、社交的だから、そういう人にも関わっているんだね。きっと水野さんたち、四年生だけど今年も出たかったんじゃないかな。

今回は美紗子がやりたいって珍しく立候補して、みんなが承認して、自然に通ってしまったし、今年のお芝居は登場人物が極端に少ないから……しかたないと思う。

そういう人はどこにでもいる。アメリカにもいっぱいいた。うちのお母さんもそれに負けて自殺しちゃったんだ。」

私はさらっと言った。

美紗子は目を見開いて、

「ごめん。私、かなり子どもっぽいグチを言ったね。」

と言った。

「あやまることないよ。それって、日によっては死にたくなるくらいいやなことだよねって言ってるだけ。」

私は言った。

「あ、だからって自殺したりしないでね。そんな気持ちになりそうになったら、いつだって私のうちに飛んできて。夜中だっていい。」

「しないよ、うわさごときで。ねたむ人はみんな、まこちゃんが主役で、末長教授と仲がいいし、末長教授のミューズだというだけで、気に入らないんだもの。でも、まこちゃんはなにがあってもどうせあまり動じないから、きっと私がこの問題唯一の隙だったんだね。」

美紗子は言った。

大きな窓からは光がたくさん入ってきていた。ずらっと並ぶ横長の机には、たくさんの人たちが座り、思い思いに食事していた。

まるで修道院のような雰囲気がある、この学食の古い建物が好きだった。校舎の建て替えをしたときにも保存された、昔の有名な建築家が建てた建物だ。床にはひびが入っているし、窓枠も錆(さ)びているけれど、とても美しい。夏休みなどに少しずつ修復をくりかえし、なんとか原形をとどめているそうだ。

「私はひとりでいるの、なんでもない。むしろ大好き。それに、世の中、ちゃんとけんか売ってくれる人は少ないからねえ……。」

　私は言った。

「だから、どうも生きにくいよねえ。」

「私はまこちゃんほど強くない。でも、舞台で詩を読むのは楽しい。だからがんばるよ。女優への憧れはなかったけれど、昔から朗読はほんとうに好きだった。よく朗読のボランティアであちこちの施設に行っているくらい。だから、今回の朗読劇なら自分に合っていると思って立候補したし、そのことに悔いはない。」

　気のいい美紗子はそう言って笑った。

　なので私も笑顔を返した。私たちの間にはあのお芝居があるから、そうやって微笑み合うたびに、その絆は少しずつだが強くなっていった。

　日本に帰ってきてから、強い強いと何回言われたことだろう。

　でも、当然だと思う。同じ歳の人が経験していないことをたくさん経験しているのだから。ときどき夢想する。大人になればなるほど、他の人の経験も増えていくに違いない。そうしたら経験レベルがそろって、なにも言わなくても通じるような友だちがもっとできるのではないか。

　実際、こうして微笑み合える人ができたりして、どんどんそうなってきているのだから、まだまだ先は長そうだけれど、少し楽しみな気がする。

「うん、今は舞台のことだけ考えよう。私たちだって来年は四年。学祭に打ち込めるのも今年でもう最後だもの。」

　私は言った。

「私はまこちゃんが舞台にいるのを見るのが好き。末長教授の脚本でまこちゃんが演じるのはこれで二回目だけれど、毎回すばらしいと思う。今は今しかないから、瞬間よ逃げないで、舞台よ終わらないで、まだこの人の力を観ていたいと、すなおに、そう思うの。

　だから、できることならこれからも演じ続けて。人前に出るべくして出ていく人は、もちろん他人のいろんなよくない感情をかうけど、それをものともせずにいられる人たちばっかりだと思う。だから才能ってそういうものだと思うんだ。」

「私にできるかどうか、できるところまでは、やってみたい。でも、こんなてきとうでいけるほど、世の中が甘くないのはわかっているわ。」

　私は言った。

「やっているうちにてきとうでなくなるかもしれないし。多くの人の心を動かす声と姿を、まこちゃんは持っている。」

　美紗子は言った。

常に楽観的な美紗子の言葉は私の心を元気づけた。

世の中も人生もそんなに甘くない。

少しでも甘かったら今頃親たちはみんなまだ生きていて、セドナか長野か北海道か……とにかくどこかそんな場所で平和に地味に畑をやっているだろう。私と嵯峨は早くに結婚して、もう五人くらい子どもがいて、彼らにしょっちゅう会いに行くか、近くに住んでいるだろう。なんにも建設的なことも目新しいことも有名になることもないけれど、あたりまえの生活の中であたりまえに幸せを感じたり不幸を感じたりしていただろう。驚くほど平凡で、普通にありえた未来像だった。私はもしそんなだったらどんなによかっただろうとたまにうっとり思う。今から電車だの飛行機だのに乗って「実家」に行けたらどんなにいいだろう。そこには歳取ったみんながまだいて、行けば私や嵯峨やその赤ちゃんを歓迎してくれたら。

それができないことを、病気だとか、弱さだとか、お金の問題だとか……そんなことのせいにするつもりはなかった。かといって人生のできごとはただ嵐みたいにやってきて、あらがう術もない、そんなふうにも思っていなかった。

ただ、いろんなことが重なって思わぬところに運ばれていくことがあるから、なんでも細かく思い通りにはならないし、だいたいのことがたいへんだっていうだけのことだ。

だから、少しだけ願っていた。

素人の形でなら、できるかぎり舞台で演じてみたい。他の人の声や姿を借りて自分から少しの間でも飛翔（ひしょう）して楽になりたい。その楽になった姿の中にいくらかの真実味があるなら、私が生きてきた道がうまく映り込み、だれかの役に立てるならいい。

　それは今の私にとって数少ない確かなことのひとつだった。


「ほんとうはおまえのお祈りのほうがいつだって効いてるんだと思うよ。おまえにはなんだかわからないけれど、特にその声に、そういう力があるんだ。そういうのを才能っていうんだろう。もちろん自分を卑下してるんじゃない。僕も今は打ち込んでいることもあるし、大した力はなくても祈ったりし続けるし。」

　嵯峨は言った。

「僕はものすごく体が弱かったけど、まこちゃんの力で生き延びることができたって、いつもおふくろが言ってた。きっとほんとうだと思う。その力を僕以外に与えたり見せることにもちろん嫉妬も覚えるけど、飛び立つ鳥を抑え込むことはよくないことだし、本質的にできない。みんながその声の力やおまえの与える力に気づいたときに、みんながおまえをほしがったときに、堂々とできるような自分でいられるか、まだ自信がないけれど。」

　広い墓地は歩道橋の上から見ると、まるでビル街のように大小いろいろの四角いシルエットに満ちていた。

「それは身びいきだよ。大げさによく見てるだけで、そんなことはない。私くらいの才能の人はどこにでもいる。ごろごろいる。そしてもっとすごい体験をした人も、たくさんいる。それを競い合う世界にも、人間同士のそういった関わりにも私はあんまり参加できないから、多くの人になにかを与えるなんてことはできないの。できるかぎりはするし、ベストだってつくすけれど、他の人がつくすベストに比べたら、私はうんと甘いと思う。

守りたい生活もあるし……嵯峨とこれからもやっていきたいから。それは掛け値ない私の気持ち。忙しく飛び回って嵯峨と会えないような生活を全然望んでいない。嵯峨は男だから赤ちゃんのことはあまりわからないだろうけれど、私はほんとうに若いうちにたくさん子どもがほしい。経済的にむりなら、ひとりでも産みたい。ふたりだけじゃなくて、またチームになりたいの。それが私のいちばんの望みよ。

それに、嵯峨みたいに現地に行って祈ったりするほうがどんなにか意味があるか。嵯峨はおやすみの日に、お母さんの育った町に行ったり、お母さんが得意だったパンを作る仕事をしたり、高松さんの本を読みかえしたり、お母さんがしたくてできなかったことをこつこつしてあげてる。それ以上の供養はない、すごいことだよ。

私は家で思いついたときや思い出したときにちょこちょこっとみんなを半端に悼んで

るだけ。会いたいな、今幸せでいますようにって。もう脳内の物質や経済のことで悩んだりしないで、みんなで笑っているといいなって。私のお父さんも嵯峨のお父さんもその場にいたらもっといいって。

あの三人の絆は特別だったから、せめて三人は大笑いしていてほしい。そんなことを思い描いてみるの。磨りガラスの向こうのことみたいに思える日もあれば、まぶしい光みたいに感じる日もある。そのどちらでも、同じようにみんなを思い出すの。なるべく笑顔を思い出すようにしてる。」

私は言った。

「その、力んでない感じがいちばんだいじなんだなって最近思うんだ。僕は一生懸命すぎた。必死で祈ったほうがいいって思い込んでた。頭が痛くなるくらい、こめかみがしびれるくらい。でもそうしたらなにも感じなくなってしまう。もっと軽く、鳥のように、風に乗せるように祈ったほうがいい。おまえはいつも自然だよ。だからそんなことが言えるんだ。謙虚ですらない、ただ自然なんだ。」

嵯峨は言った。

古びて少し黄ばんだ白いTシャツに長年はいたデニムに、底が取れそうなプーマのスニーカー。薄汚れたバックパック。絶対美容院に行ってない、床屋で切ってるだろうとはっきりわかる、妙にきっちり短い襟足。前髪だけだらっと伸びていてむさくるしい。

背が低いからでも細すぎるからでもない。

嵯峨の見た目があまりにもかっこうわるいところは、私を哀しくさせる。

嵯峨が自分をだいじにしていないように思えるからだ。

「なんで私のあげたシャツを着てくれないの。」

私は言った。

「色が派手なんだもん。着ていて落ち着かないよ。」

嵯峨はすねたように言った。

「赤がいちばん似合うのに。」

私は言った。

私は幼い頃の嵯峨がいつも着ていた赤いTシャツを思い出した。ケチャップの瓶が描いてあって、嵯峨のくりっとした目によく似合った。彼はそのTシャツをきっと覚えていないだろう。そのくらい小さい頃だ。

今はくせ毛がそんなに目だたないが、子どものときの嵯峨は天然パーマで耳の後ろの毛がくるりと巻いていて、あのシャツの首のところにかかっていた。目を閉じるといつでも思い出せる、あの赤に似た色の赤いシャツを私はこのあいだの誕生日に嵯峨にプレゼントしたのだった。

「じゃ、今度着てくるよ。でも、墓参りに赤はちょっとね。」

嵯峨は言った。

うん、と私は言った。嵯峨の腕に軽くからめた腕の力を強めたくなる。

歩道橋の上は風が強いから、飛ばされそうな気持ちになる。はるか広がる墓石の海に気が遠くなる。このまま消えてしまいそうで、確かめたくなる。めりこむほど爪を立てたり、息ができないほど嵯峨の腕に顔を埋めたくなる。

でもそうしないで、墓地の中に入った。

気持ちだけは痛いほど伝わっていただろうと思う。嵯峨は悲しそうな顔をしていた。私が不安定なところをかいま見せると、嵯峨はいつでも悲しい顔になる。なんで伝わってしまうんだろう、と私は息苦しくなる。

苦しみやたまらなさくらいは、自分の自由に感じさせて、と。

あなたがいっしょに重くなってくれてしまうと、私の自由が減るのよ、と。

私の家のご先祖さまが眠るお墓のすぐわきに、私の両親は高松さんと嵯峨のお母さんと自分たちのお墓の土地をずいぶん昔に買っていた。それほど強い思想的な絆を四人は持っていたのだろう。

二軒のお花屋さんのうち、母がいつも花とお線香を買っていたほうのお店で、同じように花とお線香を買い、手桶（ておけ）とたわしとほうきとちりとりを借りて、お店の人に挨拶をする。

ただ世代が入れ替わっただけで、手順はなにも変わらない。

なんで寺の入り口の両脇に同じ内容の店が二軒あるのかわからなかった。ライバルというか商売敵が露骨な気がする。でも、そうだった。昔からだ。そして母はいつも向かって左の店で買った。全く同じことをしている自分のほうを母の幽霊のように思う。

嵯峨はふふ、と笑いながら言った。

「あっちのほうが繁盛してるな。決め手はなんだろうな。」

「なんでしょうね？　一回もあっちで買ったことがないからわからないのよね。」

私は言った。

墓地の中には高い建物がないから、風がよく通る。

入り組んだ墓地の路地を歩いて、嵯峨といっしょにみんなのお墓の前に立った。

小さい真四角の墓石には、

「高松史郎　光野有子（ゆうこ）　佐川和夫（さがわかずお）　佐川ひとえ　ここに眠る　変わりなき友情を抱いて」

と書いてある。

私がその顔も覚えていない父のお骨を一足先にここにおさめて、日本を出るときに彼らが作っていったお墓だった。父が嵯峨のお母さんと親しかったかどうか今となってはわからないけれど、こんな名目でいっしょに眠って大丈夫なんだろうか？と思うと、つい笑顔になってしまう。

父も天国で笑っているといいなと思いながら。

名前というものにはなにか決定的な力があるように思う。

その記号だけで彼らのエッセンスが厳粛にまた生々しくよみがえってくるのだ。私たちにとっては高松さんとか嵯峨のお母さんとか私のお母さんとか、親しげな呼び名だけだった存在が、ひとりの人間だったことが切なく迫ってくる。

どんな気持ちで作ったんだろう、いつ決めたんだろう、ここに入るって。と毎回ぼんやり思うことをまた思う。となりの佐川家の墓、うちのご先祖さまの墓石を嵯峨は熱心にたわしで洗っている。その無骨な腕の様子や熱心に人の家の墓石を洗う様子を見て、私はまた一段嵯峨を好きになる。こんなに好きになれるなんて、そんな人にめぐりあえた喜びといつかは失う悲しみで気が狂いそうだ。

そうなってからずいぶんと長いな、と私はこの奇跡に胸がいっぱいになる。

でも世界にはふたりしかいないから、奇跡がいつも近くにありすぎて頭がおかしくなりそうになる。

学校のとなりの席とか、そういうふうに出会って無造作に乱暴に好きになってみたかった。

「高松さん、それから嵯峨のお母さん、写真でしか知らない私のお父さん、そしてママ。

それから私のおじいちゃん、おばあちゃん、ご先祖さま。みんなが天国でいつも幸せで、いい匂いの花に囲まれているみたいな場所にいますように。そこではどんな願いもたちどころに叶い、痛いこともなく、おいしいものをこれから食べるときみたいな幸せな気分がみんなを包んでいますように。」

私は声に出してそう言った。

大きな声ではなかったけれど、届くようにはっきりと一語一語を響かせて。

言葉のままに思い描くと実際にみんなのにこにこした顔が浮かんでくるから不思議だ。私の口のはしもそっと上がる。

にこにこしている時間よりは泣いたり寝込んだり苦しんでいる時間のほうがきっとよほど多かったはずの人たちなのに。

「ほら、やっぱりおまえの祈りで空気がこんなにきれいになったよ。」

嵯峨は目に見えないものを見るとき特有の感じで、目を細めて周囲を見回しながら優しい顔で言った。彼は小さい頃から、人や場所のエネルギーが見えると言う。私はそれを信じている。嵯峨が見えるというものはいつも確かにそうだろうと思えることばかりだから。

「それは嵯峨の心が優しいからだよ。」

私は言った。

嵯峨は時々夜中に発作みたいなものを起こす。泣いて苦しんでのたうちまわって、息ができないみたいになるのだ。

そんなときの彼はじっと耐えるしかない。

私は昔そうしたときのままに背中をなでたり手を握ったりするけれど、やはりその内面の嵐が過ぎるのを待つしかない。あんな目にあったらそういうことがあるのは当然だと思う。しのぐしかない。私の涙がたまるのと同じだ。

こんなにたいへんでもやっぱり生きていたほうがいいの？

泣きながら私がたまに言うと、嵯峨はそうだ、と言う。爪で頭をかきむしりながら、そうだ、絶対生きるんだ、と彼は言う。生き残った僕たちがいなくなったら、もう、あの人たちのなにかをこの世に残せるものがいなくなってしまうじゃないか。それだけで僕たちには生きてる価値があるんだ。

私はそれを聞いて最後の線にいるようなつらい気持ちの中にいるのにもかかわらずかぎりなくほっとする。

温泉に入って全身がゆるんだときみたいに、なにかがゆるんで微笑みがわいてくる。

そんなに苦しそうなのに、生きるんだね、と私は毎回感心してしまい、思わず言う。

うん、生きるんだ。なによりも、理屈抜きで、ただ体がまだ生きたいと言うんだから、そのためにだけでも生きる。

　嵯峨は言う。

　おまえのために生きたいとは、決して言ってはくれないのが、切ないのだ。

　こんなに愛し合っているはずなのに。


　嵯峨とは違う形で現れているだけだと思うのだが、私は未だに、ものすごい悪夢を見る。その夢を見た後は、しばらく普通に生活できないくらいに全身がこわばってしまう。

　セドナに行くのが怖いのは、そのせいだった。

　高松さんと、嵯峨のお母さんと、私の母は、それぞれ違う場所で死んだし理由も少しずつ違う。みんなで心中したわけでもなんでもない。

　しかし、私の夢の中ではいつもみんな同じ場所で死んでいる。

　こんなにも同じ夢を人が見ることがあるだろうか？と私は思い、ずいぶん昔に、三回目にその悪夢を見たとき、泣きながら目覚めた後で嵯峨に言った。

　嵯峨は答えた。

「たぶん、それは、目に見えない世界ではほんとうのことなんだと思う。あの峡谷がなにかの理由であの三人を結びつけ、ひきつけ、引きずり込んだんだ。この世にはそういう場所がある。だからその夢をくりかえし見るんだろうし、その夢はなにか大きな意味を持つものなんだろう。そんな気がする。」

「まさか、あの峡谷が私を呼んでいるのかしら。私たちのことも、まだつかんで放さないぞって。いつかここに来て死ねって。魂を置いていけって。」

恐怖で泣きながら私は言った。

嵯峨は黙って私を抱きしめた。

「そういうこともあるかもしれない。世界は広くて、いろんな場所があるから。人間のつごうに合う場所ばかりではない。」

彼は慰めは言わない。たまにはそんなことはないよと言ってほしいときもあるのだが、そういう考え方は彼の中には一切ない。

「どうして、そんな場所があるの？　人の心の中にそういう場所があるのと同じことなの？　それともなんでもない場所を人の心がだんだんそういう恐ろしい場所にしてしまうの？」

私は聞いた。

「レストランが一軒あれば、トイレも、冷蔵庫も、ゴミ捨て場も、きれいなテーブルも、しめった裏口も、みんなあるじゃないか。店の中ではみんな煙草を吸わないが、裏口のよどんだ階段では吸っている。そんなようなことと同じで、同じ要素を持つものがひきつけあって、やがて大きな固まりになる。そこで大きな感情やできごとがあって空気が動くと、ますます強くなる。長い歴史の中でそういうことがくりかえされて、あたりまえのように人の命を吸い取る谷底ができたって、ちっとも不思議じゃない。」

嵯峨は言った。

「私は、煙草を吸うにも感じがいいところがいいな、屋上とか。もう今は吸わないけど、少しでも気持ちのいいところに行きたいと思う。」

私は言った。

「きれいなものが好きでなにかと深刻なところがまこちゃんの女の人らしいいいところだけど、弱みでもあるかも。むしろいつもどっちもあるって思ってたほうが、どっちのはじっこも果てしなく深くてたちうちできないかもしれないと思ったほうが、僕は生き抜ける。」

嵯峨は言った。きらっと光った目がきれいだった。真っ暗な宇宙に光る星のようだった。

その夢の中でいつも、私は鳥のような精霊のようなものになっている。

安らいだ気持ちになり平和を感じる場所、切り立ったカチナロックと呼ばれる岩山のあたりで私は空を漂っている。

そしてなんとも言えないよい雰囲気を感じ続けている。

私はどこにでも行けるし、自由で、なによりも気持ちが清らかで平穏だった。目を閉じたら空や光の中にすうっと気持ちよく溶けてしまいそうだった。

インディアンフルートの音が遠くからかすかに聞こえてくる。重く強いその音色は短調のメロディをくりかえし高らかに奏で、感情を揺さぶる。

目の前にはきれいな赤い岩の山々の連なりが見える。光を受けて陰影が美しく絵画のようだった。風がそこを吹き抜け、群生している小さなベルのような白い花の甘い香りを運んでくる。松や杉のなんともいえない香ばしい香りも。

そこに不思議な一団がやってくる。

私の心はそれを見たとたんに地獄にいるように真っ暗になる。夢だからこそそんなふうに感情の動きが極端だった。その人たちはトレッキングに行くのだろうと思われる服装をしているのだが、なぜか周囲の気配から浮いている。

不吉な気配を振りまきながら、よくないことに向かって行進していくように見えるのだ。

私はその人たちを先に行かないように止めようと思う。

どうかこのカチナロックから離れないで、峡谷の奥へと分け入っていかないで、そう思う。

いくらそれを伝えようとしても空に漂っているから声がでない。

十人くらいのその団体は、ひたすらに進んでいく。一列になって、何かを思い詰めたような顔をして。ああ、あの人たち、みんな死にに行くんだと私は直感する。

そして次の瞬間に、私の心は凍りつく。

その中には、高松さんと嵯峨のお母さんと私の母が混じっているのだ。

彼らは私の知っている、生き生きした人間味のある表情をたたえていない。もうなにも見ないし、聞かない、のっぺりした顔つきをしている。自殺する直前の母の顔と同じ、感情の動きの少ない顔だった。ああ、もう届かない、半分あちらの世界に行ってしまったのだ、と私は思う。

でも今なら、もしかしたら間に合うかもしれない。

叫びたくても泣きたくても、抱きしめて止めたくても、私は幽霊みたいに彼らのまわりを飛び回ってはうろうろするばかりで、赤土を歩く人々のたてるほこりにかすんでまぎれてしまう。

のどがはりさけそうなくらい必死に声のでない叫びをあげてへとへとになったところで、場面が変わる。

私は彼らを捜し、飛び回り、峡谷の上をぐるぐる回り、最後に峡谷のいちばん奥につきあたる。不穏な空気がたちこめていて、空もにわかに曇りだす。雨がぽつぽつと地面を染めて、谷底からは湿った空気がじんわりと上ってくる。

茂っている杉をかきわけるようにして私が地面に近づくと、全てが遅かったことがわかった。

そこにはたくさんの人が折り重なるように倒れていた。まるでそこで有毒なガスが急に発生して、みながいっぺんに息を引き取ったかのように。

口から血を流している人もいるし、胸のあたりをかきむしって血が出ている人もいるが、もうすっかり固くなった本物の死体であることに違いはなかった。もちろん中には高松さんと嵯峨のお母さんと私の母が含まれている。

三人も、他の見知らぬ人たちももうすっかり、どうしようもないくらいに死んでいる。生の気配は全くない。どうにも取り返しがつかない。

私はそこでいきなり生きた人間に変身する。

駆け出してみんなを揺さぶり、抱きしめ、おいおい泣き叫ぶ。

憎らしい峡谷の岩々は壁のように立ちふさがり、空さえも暗く狭め、私の声をすっかり吸い取ってしまう。とても高い岩たちのカーテンのようにひだになった陰影は私を押しつぶすように見える。ここに閉じ込めてもう出さない、そう言っているかのように威圧的にそして絶望的に強く迫ってくる。

私ははるかな明るい空を見てここから抜け出したいと願う。もう一度鳥にしてくださ い、でないとここから出られない、どうしよう、と母にすがるけれど、母はすっかり死んでいる。母の遺体さえここから連れ出すことはできないのか、と私は涙を流す。この夢を見ると私はどんな季節であろうと汗びっしょりで目覚める。ずっと叫びたかったのどがひりひりと痛いし、目からあふれた涙はほほを濡らしている。

体がぎゅっと固くなっていて、手は死人のようにこわばって指が曲がっている。なんだろう、この気持ちは。ほんとうの死を見たときよりもずっと怖い。私の中のどこから湧き出て、何回もよみがえってくるのだろう。そう思う。

「おまえの心はほんとうにすばらしいものなんだ。自慢に思う。」

嵯峨は言った。

「僕がどんなに心をこめて祈ったって、こんなふうに空気がきれいになるわけではない。」

「そんなことはない。」

私は言った。

「私から見たら、嵯峨の来た道はどんな道もていねいにきれいにそして温かく地ならしされている。そこにいたらなんでも始められそうなくらいに。

人は、自分では自分のしていることが見えないものなの。だから、そうして優しくいいふうに見てくれる他人がいるのよ。でも、だれも見ていなくたって、嵯峨は関係なく同じようにするでしょう。そんな嵯峨のほうがよっぽどすばらしいの。」

「おまえはほんとうにいろんなことを細々と考えるね。」

嵯峨は言った。ぼさぼさの前髪で目が隠れて、なにを映しているのかわからない。

墓地を渡る風が花の香りを運んできた。

「いいお墓参りだったたね。」

私は言った。

「うん。ほんもののお墓参りだった。」

嵯峨は満足そうにそう言った。

私はなにかとてもいいことをしたような、ほめられた甘い気持ちをガムのように噛みながら、ゆっくりと歩いていった。

少し哀しかった行きとはまるで違う気分だった。私たちの中で張りつめていたなにかがゆるんだのだ。花やお線香の香りや祈りによって。無心に石を洗い草をむしることによって。

帰ってから私の家でインターネットの格安旅行サイトを見ながら、セドナに行けるかどうかを話し合った。

レンタカー代が思ったよりも高くつくことがわかったが、車がないとフェニックスからセドナにはとても行けない。嵯峨はたまにパンの配達を手伝っているし運転はうまいので、やはり借りるしかないね、というところでレンタカーのサイトを見て立ち止まってしまった。

バス付きのツアーならうんと安くあがるのだが、全然行きたくないところもみっちりとセットになっているから自由行動はできない。私たちのような偏屈ものたちが団体行動をするのはむつかしい。どうせ嵯峨がけんかを売られたり、私に声をかけてきた異性に感じ悪くしたりするに決まっている。そうやってお金のことばかりを話していたらふたりとも憂鬱になってしまい、いったん頭を冷やそうとノート型の Macintosh を閉じた。私たちが唯一共有している高額のものだった。

「大学生って贅沢(ぜいたく)だな。穴の開いてる服もないし。どれもきれいなものばっかり。」

私の部屋に干してある洗濯物を見て嵯峨が言った。

「そんなことないよ、私なんて大学で貧乏学生ってあだ名をつけられているんだよ。いつも同じものばっかり着て。それにしたってすごいあだ名だよね。」

私は言った。

「おまえのお母さん、同じ服をほとんど溶けるまで着てたもんな。」

嵯峨が大笑いしながら言った。

「裾とかほんとうに溶けててさ、ああ、思い出すとおかしくて苦しい。あんな服着てる大人いないよな。服って溶けるんだ、って僕ははじめて知ったもの。」

「また、あの簡素さに慣れちゃっているからね。」

私は言った。

「ほぼヴェジタリアンだったわりにはけっこうなグルメだったし、料理も大好きだったしね、彼らは。ある意味贅沢だったから。今の人たちが服にお金をかけすぎなんじゃないの？」

嵯峨は言った。

「舌は肥えたよね、あの暮らし。全員が料理人だったし、素材も新鮮でやたらよかったし。だから私たち高くてまずいものが食べられなくなっちゃったんだ。」

私は言った。

「あんな小さい畑に、いろんな種類の野菜や果物がぎっしりとあったからね。」

嵯峨は言った。

「あのやり方を考えたのは若い頃の高松さんなんだって、おふくろは言ってた。彼は植物と話ができるって。」

「私も、あの畑や庭のことを考えると今でも胸がいっぱいになる。あんなきれいなものはこの世になかったよね。ひとり一区画、好きなものを植えて。雑然としているみたいに見えて、秩序があって、厳密すぎて怖いくらいなのに、どこかいいかげんで。あの小さい中に自然の怖さがぎっしり入ってた。それからその人の性格も全部怖いくらいに出ていた。今思うと箱庭療法みたいなものだったんだ。

　高松さんは子どもの畑はあらゆる意味で最高だ、まねできないって私たちの畑をほめてくれたね。高松さんには植物の気持ちみたいなものがわかったんだよね。これはこれのとなりに植わりたがってないから、きっとどっちかが負けちゃうけど、その様子をよく見ておいてって。」

　私はあの頃の朝を思いだしながら言った。いつもその日の野菜を畑に取りに行った。ほんとうにきれいだった、朝の光と水のきらめきをたっぷりたたえた高松さんの植物たち。野菜はまるで天国の果実のようにぷりぷりに実り、食べると水や光の味がした。まさに気体に近いものだった。あのことを思い出すと、ヴェジタリアンの気持ちも理解できる。ああいうものだけで体を満たしたいと欲するのだろう。幼い頃にあんなすばらしい食事をしていたことをありがたく思う。

　それでも、そうして思い出話をひとつするたびに、ほんとうの高松さんが遠ざかっていく気がした。

　いつも意外な考えで道を開いた彼の思想はもう決して新しくはならない。

　思い出せば、学べば、私たちの中の高松さんはひとつ深まるが、ほんとうの彼の息吹は消えていくように思う。そのくらい彼の考えることはいつも新鮮で胸を打った。

「いつか、僕たちも畑をやらなくては。忘れないうちに、あの考え方は残したい。」

嵯峨は言った。

「全部を伝授されてはいないけど。本があるから少しは探究できると思う。そのことをまた本に書けたらいいなと思う。なによりも畑をやっていると精神衛生上いいからなあ。」

「ねえ、いつかいつかって、もう言わないで。やるならすぐにやろうよ。なんだかそのいつかっていうのを聞くと、いつも悲しいの。」

私は言った。

「今は、パンを作るのがけっこう楽しいから。」

嵯峨は言った。

「私、大学やめて畑や庭の世話をしてもいいよ。」

私は言った。

「おまえはなんで、そんなに極端なのよ。」

嵯峨は言った。

その「よ」の言い方が嵯峨のお母さんにそっくりで、胸がぎゅっとした。

よく言われた。

まこちゃん、なんでそんなに急いで洗うわけよ。

まこちゃん、どうしてそんなによく寝るのよ、目がくっついて開かなくなるよ。

まこちゃん、まこちゃん、どうしてそんなにかわいいのよ。女の子って柔らかくて大好き。

今でも耳に残っている少しかすれた甘い声。嵯峨によく似た響きかたをした。ショートカットの首筋。長く細い腰と足。いつもきれいな色のロングスカートをはいていたっけ。私の母と違って身ぎれいでセンスが良く、決して溶けるまで服を着たりしなかった。

「ママは詩が好きだったし、私が舞台に出るのも大好きだったから、なんとなく今の進路なのであって、私自身が選んだというほどでもないから、そんなふうになっちゃうのかなあ。あとは英語を忘れたくない気持ちもあって。」

私は言った。

「演劇とか朗読は好きなんだろう？」

嵯峨は言った。

「好きだけど、しょせん部活程度よ。それから、今回は主役なんだけど、ほんとうは主役じゃなくて意地悪なむつかしい人の役が好きで、やってみたい。」

私は言った。

「もっと先々もそういうことがやりたいんじゃないのか？」

嵯峨は言った。

私の心の中をじっとのぞき込むような目で。

「演じるのは好き。でも、ひとりで極めるものではないし、大勢と協力するのがとてもへただし。それに人間がどんなにがんばってみても、あの畑みたいな偉大なものを作れる気がしない。」

「力を合わせたらどうだろう。」

「なにと？」

「自然と。演劇だってそもそもそういうものだろう。神様に見せようとして始まったんじゃないの？　劇場だって自然の中だったと思うし。そこに村の人たちがやってきて始まったんじゃないの？　よく知らないけど。」

「よく知らないのか。本気にしちゃった。でも、今の時代って空気が汚いし、なによりも空気の中にエネルギーが溶けてる感じが少ない。だからなにかと人間の思いの分量が多くなるでしょう、それがいやなの。だからきっと自然からの力はなかなかこっちまで届いてこない。ニームの話、覚えてる？」

「うん、覚えてるよ。」

嵯峨は言った。キーワードを言えばすぐ理解してくれるのが、同じ高松教（そんな名前ではなかったけれど）に育ったものの嬉しさだった。

あの頃、私たちはいつもニームを育てていた。虫除け（むしょ）の効果もあったし、歯磨きや防虫剤を作っていた。

ニームは寒さに弱いから、冬は当然家の中で育てる。そのとき、いちばん置きたい自分の簡素なベッドのわきの窓のところに置いて、毎日慈しんで眺めても、どんなに愛を注いでも、陽あたりが悪かったら枯れてしまう。

ところがまだ間に合うときに春が来て外に出しさえすれば、太陽の力でニームは勝手にどんどんよみがえる。

私の思いがどんなに強かろうが、自然というものの大きな力にはかなわない。極端に言えば、その力の流れを昔の人は神と呼んでいたのだ。自分の小ささをそしてその中にある力の水脈の巨大さをいつもちゃんと把握しておくために。

人間は、どこに置いてほしいかをニームに聞いてあげることしかできない。

そんな状況でもニームはその葉の薬効をどんどん私たちに開いてくれている。葉も枝もみんな使える。根っこさえ残しておいたらまたどんどん葉が出てくる。それをいかにむしろうと頓着しない。

人間はなにもしていない。ただもらうだけ。そして与えることを惜しむ。

その程度なんだ、人間なんてと思うことで初めて始まることがある、というのが高松さんのニームの話だった。私がニームの苦みや香りが好きだと言うと、わざわざニームを見せながら話してくれた。

彼は植物みたいな人だった、木のように優しく、木のように枝を伸ばし、根をはり、大らかに考える人だった。全く欲がなく、どこまでも優しい人だった。知っている人間の中ではいちばんあの岩山の精霊に近いかもしれない。おじいさんになった彼がどんなに奥深くなっただろうと思うと、惜しまれてならない。

「それでもいつかは真っ暗な部屋の中で、自分の思いだけで木を育てたいと思ってしまうのが、人間というものなんだろうなあ。ああ、醜い醜い。貪欲はいやだなあ。」

嵯峨は首を振って言った。室内にいるときの嵯峨はまるで子どもに戻ったみたいに饒舌(じょうぜつ)になるから好きだ。

「ちょうどいいところにあって、みんなが力まないでできるだけ楽でいられたらいちばんいいのになあ。」

「みんなそこまでデリケートに調整して生きてないから。私たちみたいにギリギリになった人だけだよ。それが必要なのは。」

私は微笑んだ。

こんなふうでも私はまだ、嵯峨よりは人間好きだと思う。

嵯峨には甘いと言われるが、こんなときも、やはりこのあいだの美紗子の目の奥にあったほんとうにすてきだったものを思い出す。ガラス玉のような、みずうみのような。

あんなに深い光を見せてくれた。そういうものはやはりきれいだと思う。人間だって自然だから、時には恐ろしいほどにきれいなものを見せてくれる。

それがまれにしか見られないものだとしても、私は期待も失望もしない。

きれいな夕日のときもあれば、濁った色の薄曇りの雲で満ちることもある。どちらにも相応の美しさがあり、どちらがなくても成り立たない。

人はそこを隠そうとするから苦手だ。濁った曇り空の上に布をはって隠したり色を塗ったり。

もしかしたら、嵯峨のほうがより深く優しいのかもしれないし、この冷静さが逆に女性というものの本質的な、愛するもの以外のためには決して体を張れない浅さを表しているのかもしれないな、と私は思った。それは体の奥から出てくるものだから、理屈では変えられない。性差としか言いようがない違いだった。

「おまえかわいいから、さぞかしモテるだろうなあ。」

嵯峨は暗がりでそう言った。

「なに、その唐突な、しかも漠然とした言い方。」

私は笑ってしまった。

私はいつも使っている立派なマットレスで寝ていた。となりの人たちが引っ越すときにギブアウェイのパーティをやっていて、そこで譲り受けたものだ。かなりへたっていたが晴れた三日間、朝から晩までがんばって外に出して陽に干したら、立派ないい匂いの分厚いマットレスに戻った。

ふだんはただ壁に立てかけてある。

なんでただ壁に立てかけるんだ、ベッドを買えばいいのにと嵯峨は言ったが、私と嵯峨しかいない部屋なので別にいいと私は答えた。もしもベッドを買うならダブルベッドを買わなくてはいけないが、そんなのを置いたら部屋がいっぱいになってしまう、と。

嵯峨はダブルベッド、というところで嬉しそうにうなずいた。かわいい人だ。

そんな嵯峨はもともと私が寝ていたかなり薄いマットレスで寝ていたので、並んでいるとちょっとした段差ができた。私は彼を闇の中で見下ろす形になった。

闇の中できらりと光る彼の目はやっぱり星やダイヤモンドみたいだった。

その美しさに涙が出そうになったけれど、それを口には出さなかった。口に出したら消えてしまうからだった。

「こっちに来る？」

私は言った。

「いいの？」

嵯峨は言った。

「中で出してくれるならね。だって、私はいつ赤ちゃんができてもいいんだもの。ずっと前からね。」

私は言った。

一時期、いろんなことをあきらめた嵯峨は急に避妊するようになった。

自分に責任があることがわかるのを恐れるかのように。

それは一見和やかな解決だったり、大変さをきれいに引き延ばすことのように見えるけれど、終わりの始まりだと私は思った。だから、そんなことをしているうちはセックスしないと私は言って、けんかしたりもした。

「お金もないのに、まだ学生なのに、どうやって子どもを育てるんだ。」

今夜も嵯峨は言った。日本に帰ってきて責任という概念を知って初めて怖くなりはじめたのかもしれない。

「田舎に越すとか……。なんとか私の卒業まではがんばって、その後はパン屋をやりながら半分自給自足とか。たぶんなんとかなるよ。」

私は言った。

「僕たち、生活に役立つことは他の同世代よりもたくさん知っているけれど、生きていくやり方だけは教わってないからなあ。自信がないわけじゃない。ただ、知らないっていうだけで。普通の家に育った人たちは、まるで息をするように自然に生きていくやり方を教わっているように見える。」
　嵯峨は言った。
「きっと、それが親のしてくれることなんだと思う、一般的にはね。でも、私たちには
お互いが残されたじゃない。だからこそ、私たちと子どもは生き残るのよ。」
　私は言った。
　闇の中でそう言ったら、希望が泉のように勢いよくわいてきた。まさに言葉の力だ。
「言葉ってすごいね。私、やっていける気がしてきた。」
　私は続けた。
「その気持ちを保てれば。別の言葉でまたくじかれることだってあるから。」
　嵯峨は言った。
　言いながら、私のふとんに入ってきた。
　そうだ、急にわいてきた希望はすぐに沈んでしまうから、育てないと、と私は思った。
　嵯峨の手が私の体を触ると、自分で自分に触っているような気がしてくる。どこから
が自分でどこからが嵯峨なのかわからない。あまりにも長くいっしょにいたからだ。
　できないかもしれない子どもを作るために、私たちは今夜もがんばる。
　なんでずっと妊娠しないのか、さっぱりわからなかった。
　十五のときはひたすらに待ち、二十すぎたら子どもがやってこないのはなにかの呪い

に思えてきた。

　でも私たちは病院に行ったりせず、ごく普通に命の奇跡を待っていた。

　そうやってトライしているうちは、幽霊の一部ではなく、今の自分たちを生きている感じがした。


「一羽の鳥が翔(と)んで　翔んで　遠く空の涯(はて)までも　昼も夜も翔んで　翔んで　太陽と月を訪れる」

「その鳥の名は〝夜に骨が鳴る〟という名で　この世の有様をあの世に告げる鳥なのだ」

「アーイ〝夜に骨が鳴る〟〝夜に骨が鳴る〟鳥が　昼鳴いている　夜鳴いている　その声聞けば　目を閉じるのだ　目を閉じるのだ　この世の鳥よ　あの世の鳥よ」

「私の耳が泣いている　私を思い出しているのです　あの世から私に尋ねているのです——私がどうしているのか　どんな生活をしているのかと——」

「死んだ私の父親が　私が長生きできるよう　空の神やもろもろの神々に　私のために願っている」

「死んだ人々が私を護(まも)る　父は私を監視する　父は私を護っている　いま私の耳が泣いている　私に尋ねているのです　私を思い出しているのです」

そうしてかけあいみたいに私たちは詩を読みあげた。本番では布を巻いたようなシンプルな色違いの衣装を身につけて、ふさわしいセットの前で朗々と声を響かせる予定だった。

末長教授は私たちの稽古をけっこうなしかめ面で観ていた。

舞台の上からそのむっつりした顔を見て、一瞬ぷっと吹き出してしまったほどだ。だから読み合わせがうまくいってないのかなあと思っていたら、彼は終わった後満面の笑みを浮かべて、私と美紗子のところにやってきた。

「すばらしい。なによりも詩に対する解釈がすばらしい。それからふたりとも熱がこもっていて、ほんとうにその人物たちみたい。」

末長教授は言った。

なんだ、すばらしいという気持ちを表しすぎているしかめ面だったのか、と私はほっとした。

彼はたいてい早口でたくさんの言葉をしゃべるのだが、その忙しそうで軽い口調と相反していつでも落ち着いて見える。青年みたいな顔をしているが四十代後半で、くりっとした目に、ふっくらした頬がいっそう彼を若く見せている。

文学や詩に関しての末長教授の愛情の深さは計り知れない。彼の命を養っているのは本だ。彼はいつも本に寄り添って生きている。本が彼を生かし、彼が本を人々に広めている。根っこがからみあった木のように、本と彼は助け合っている。そのシステムがシンプルにできているところがほんとうに好きだった。たいていの人が示している情報は多すぎて私は頭痛がしてしまう。

嵯峨がどんなに焼きもちを焼いても気にせずに親しくなった他人は末長教授が初めてだった。私も大人になったものだ、と私だけの人間関係を誇らしく思うし、そうして嵯峨からひとつ離れたことが淋しい感じもする。

末長教授が薦める本は、彼の紹介の言葉によって特別に面白く思えるから、私はいっそう本を読むことが好きになった。紙でも電子でもかまわなかった。人の考えが文字になったものに対しての気持ちがいっそう深くなった。

なによりも彼は本を読んでいるときいつもとても幸せそうなのだ。私は彼の授業や示された文献から、自分の育った場所でネイティブアメリカンと白人の間でなにが起こったかを詳しく知った。幼い頃にいた土地の様々な闇や因縁の深さ、言い知れない薄暗さの理由が初めてわかって、学んでよかったと思えた。

子どもだからいっそうまっさらの目で見ることができていたのかもしれない。時に、セドナだけではなくアリゾナのあちこちの大地は血で染まったまだらの色に見えることがあった。何回目をこすっても、血のしみが大きく土に見えた。そしてそれは実際にその土地が血に染まった記憶を見せてくれているんだと、大学で勉強したらわかってきた。

それを感じていた自分の感性と、歴史がひとつになって自分の中に深みが生まれた。サブカルチャー好きのヒッピーゼミといくら揶揄(やゆ)されても、学生にとって真摯に学問を愛している教授の存在は今や貴重だった。

プライベートでは彼には十歳歳下の奥さんがいて、本を読みたいがためにけんかする時間がもったいなくて仲がいいのではないかと勘ぐりたくなるくらい仲がいい。決して学生にスケベ心を見せたり言い寄ってきたりしない。その上品さもどこか高松さんを思い出させて好きなところだった。

ギラギラした男性は私にはまぶしすぎて、いっしょにいられない。実際にギラギラ光って見えるから落ち着かないし目が疲れるのだ。

「学祭で一度上演するだけなんてもったいないくらい。」

彼は言った。

「私はお呼びがかかればいつだってやりますよ。でも、なんていうのかな。これは佐川さんの不思議な力なんです。彼女と詩を読み合っていると、ふだんの佐川さんじゃないなにかが彼女の中から浮かび上がってきて、なにか偉大なものというか、インスパイアされるものがどんどん展開していくから、私の中にもかつて自分の知らない深い感情が生まれてくる。それに引っ張られて自分が動いていく。だから、私もすごく気持ちがいいんです。演じていて。生活している中では決して感じたり考えることのない、なにかを感じます。これが芸術に触れるということなら、すばらしい体験です。」

美紗子が言った。役の上では私の妹の美紗子。読み合わせをしていたから、まだ妹の感触が目の中に残っていた。

私も演じているときは不思議な感じがする。

もうひとりの私は私の中でじっと息をひそめている。自分の言葉でない言葉を自分の言葉として口から出すと、それを言っている表向きの自分は美紗子をほんとうに愛憎がからんだ妹だとかけねなく思っているのだった。美紗子の目を見るとき、確かに血縁を感じる。そのときだけだが、彼女に対する永遠の縁や敬意を感じるのだ。

「私は、もしかしたら、妊娠して学校をやめるかもしれないです。そうでないときだったら、タイミングが悪くなければ、妊娠中でもいつでも演じます。」

私は言った。

一度セックスするたびに、私は祈るようにお腹をなでて、さかだちまでして、赤ちゃんよやってこいと思う。すっかりその気になって生活するのがだいじだと思うので、しばらくの間はあたかも妊娠しているような気持ちで歩いたり、話したりするようにしている。そういう演技をしているときときっとよく似た気持ちだ。重いものを持つときにちょっと気をつけたり、ひとりではないような気持ちにうっとりしてみたり。男の子だったら、女の子だったら、どんな服を作ろうか、おしめは布できれいなのをいっぱい縫おうとか、そういうことを考えたり、おしめが窓辺でいっせいに干されている様子を想像したり。

今日もその流れの中で私は話していた。いずれにしたって私のお腹の中にはまだ嵯峨の精子が生きて動いているはずだった。今からでもがんばってくれ、そう願った。

「結婚して、じゃないのか？」

末長教授が言った。

「そこはまだわからないのです。お互いに貧乏でして。」

私は言った。

「そうか。それにしてもいいなあ、そんなことが言えるって。うっかり妊娠しちゃって困ったとか、妊娠したくないとかいう話のほうが多い昨今、そんなふうに願っているなんてすばらしいことだ。君ってほんとうに現代人じゃないみたい。僕の若い頃の時代の人みたい。」

彼はしみじみと言った。

彼には男の赤ちゃんがいる。昨年生まれたばかりだ。

「その世代あたりにがっつりと洗脳されながら育てられたものですから。」

私は言った。

「先生の奥さまはどうだったんです？　赤ちゃんできて。」

美紗子が言った。

「うちはもう狂喜乱舞だったよ。なかなかできなかったから。泣きながらふたりで踊ったもん、家の中で。妊娠検査薬の棒を振り回してさ、ばかみたいだけど、そのくらい嬉しかった。人が増えるんだし、それを自分たちで作ったんだし、あまりにもすごすぎて、素直に嬉しいだけだった。」

末長教授は笑った。

なにかを偏愛している雰囲気や、どことなくヒッピーよりの考え方など、彼は私に親たちを思い出させた。彼が私に懐かしさを覚えるように、私も彼が懐かしかった。だからうまが合うのだろう。七〇年代の文化に対する憧憬も含めて、彼の服装も持ち物もみな懐かしい匂いがした。

全て終わってしまった後の時代に、燃え残りを集めて温まるようなそんな生き方を決して否定できない。私も若いのにそういうふうに生きているからだ。過去を追い、亡くした人を悼み、それでも必死で赤々と燃えている。

たいていの人がそんなふうには命を燃やすことに憧れることなく羊のように生きているということも、よく理解できた。

羊に羊のようだと言っても、ばかにしているようにしか受けとってもらえない。

しかし私にはどうしてもそのように見える。ばかにしているのではなくて、私が単に違う角度から見ているだけなのだ。あまりにも彼らは命に関して無頓着すぎるし、原因と結果の法則にもおおざっぱすぎる。そしてそれを知ってもなるべく全てを小さくまとめようとする。予想に反したことが起きたらびっくりして死んでしまう、だからなにも起こらないで、そう言っているように聞こえる。

「私たちにはお金の問題があるので。」

私は言った。

「その不安のせいで赤ちゃんができないのかと最近思うんです。」

「あんなストーカーみたいな人じゃなくても、まこちゃんはもっとすがすがしい結婚ができると思うんだけど。」

美紗子が言った。

見た目とはうらはらに私の中にすがすがしさなんかひとかけらもないよ、と私は言おうとしたけれど、末長教授は優しい目をしてそれをさえぎった。

「いや、すがすがしいのがいい結婚ともかぎらないから。」

その言葉は悪気ない美紗子の切ない言葉の意味から、私をすっと救いあげた。

「好き好きだからね、それは。もしかしたらそのおつきあいが佐川さんにとってはこの上なく救いですがすがしいのかもしれないよ。」

「ああ、そうかもしれません。」

はっとしたようにそう言った美紗子の表情はすっきりとしていた。なにかに気づいた人のように曇りがなかった。

美紗子はほんとうに素直な良い人だ、と私は思った。

決してばかにしているわけではない。こうやって今美紗子は、人生の意味を広げていっている最中なのだ。私が十代の頃に終えてしまった作業を今しているのだ。それが今の日本の二十代に相応な状態で、とても大切なことに違いない。

どうかゆっくり美しく存分に育ってほしい、と植物に対して願うように私は願った。

たまたまこちゃんがこの世とは違う空間で私の妹になった人よ。

「私はまこちゃんが好きだから、つい自分の理想を押しつけてしまうんですね。反省しなくちゃ。彼のことをよく知りもしないのに、ごめんね。」

「ありがとう。わかってくれて。私なんにも言ってないのに。」

私は言った。私の心の中に、人々の思いやりによる宝ものの光景がまたひとつ増えた。

「すがすがしいからいいかどうかっていう話とは別に、うちの奥さんはご実家がきちんとしたお家だから、助産師さんに家に来てもらって産むのは決して許されなかった。いちおうそう希望したんだけれど、高齢出産と言える年齢でもあるし、結局大病院で産んだんだ。

大病院だからって医師たちの赤ちゃんに対する敬意が少ないわけでもなんでもなかっ

たから、僕たちは納得して幸せに数日間を過ごしたんだけれどね、産まれてすぐに哺乳瓶の消毒だとかおむつだとかの会社の人が営業に来たのにはびっくりしたなあ。それがまた、いちいちまじめに買っていたらたいそうなお金がかかるようなんだよ、そろえるのに。もしもお金がなかったらとてもむりだという気分にさせられた。あれじゃあ、お金のない若い夫婦はみじめだったり、育児なんてとてもできないと思ってもむりはない。そのとき、これからの若い人は赤ちゃんを産むのもたいへんだねって妻と話した。」

末長教授は言った。

「うちはもうふたりとも歳をとっていて強いからそういうのをのらりくらりごまかして、すぐに家ではおしめをしない極端な育児法を熱心にやってたけど。あれも、絶対に慣れないと思ったら、慣れるものだね。人間ってほんとうによくできていると思ったよ。あんな小さい赤ん坊が、ちゃんとトイレに行きたいって意思を示すんだ。子どもをばかにしてるのはきっと大人がばかだからなんだな。

生きるということに関して、赤ちゃんのほうが僕たちよりもずっとずっと賢いんだ。生きることだけで毎日精一杯な生き物を見ていると、自分が生ぬるく思えてくる。命が燃えて光り輝いている感じだ。毎日はっとするんだ。」

「先生のおうちの赤ちゃんは、今どきめずらしく、ほんとうに赤ん坊らしくって、丸々してきらきらしてましたもんね。」

私は言った。

「いやあ、でも今の時代だったら、せいぜい赤ん坊までだろう。ずっと丸々したりのびのびし続けるのはむつかしいよ。どこへ行っても窮屈な話ばっかりで。しかも神様はお金だっていう時代だからね。少し前の、どこか遠いところに大きなすばらしいものがあるとみなが感じているような時代はすっかり失われてしまった。うちの子だって、小学校に入ったらきっとあの異様なのびのび感はなくなってしまうような気がするんだ。

でも、人間には根源的に、お金ではどうしても手に入らない、想像を絶する大きなシステムへの憧れがあるように思う。

だから子どもにはせめて家ではめをはずして暮らしてもらいたい。まるで森にいるみたいにね。そして、いつかたくさん本を読んでほしい。だけど、それもだんだんむつかしくなるのだろう。きっとかなり偏屈にやってくんだろうな、僕らの家族は。そして絆も強くなりそうだと言える。今の時代ならまだ、そのくらいの偏りは許容されるだろうと思う。」

末長教授は言った。

「いい人で実は偏屈って新しいモデルですね。」

美紗子は笑いながら言った。

「なるべく静かに隠れててね、いやなことでどうしてもしなくてはいけないことはなるべく効率よく感情を抜いてさくさくやって、後はしたいようにするんだ。したいようにするという世界が時代の影響を受けないとは決して言わない。利己的に自分さえ楽しければいいというものでもない。ただ、自分の場所から始めることが大切なのは確かだ。それを見た人が少しずつ影響を受ける。大きな声でわざわざ言わなくても。そこからしかできない。」

末長教授は自分に言い聞かせるようにそう言った。

このタイプの大人って懐かしいなあと私はしみじみ思っていた。

私のまわりにいた大人たちみたいだった。

陽気で単純で、気が弱くてまっすぐで正しくて、隙だらけなのに、いっしょにいると心強い。もはや天然記念物みたいに思えるような種類の人。彼はまちがいなくそんな絶滅危惧種だった。

「そうそう、君たちが朗読劇をしているその詩の本はもともともう絶版だったんだ。若い頃に読んで、やっと手に入れて、その後人に貸して返ってこなかった。どうしてももう一度読みたくなり、あちこち問い合わせたけれど見つからず、図書館にもなくって、僕はすっかりしょげていた。

でも、ある日ふと入った古本屋さんで、僕は目を疑った。なんと図書館からの払い下げ品として500円で売っていたんだ。

僕は自分にとってのこの本の価値や文献としての貴重さなど、内心ではいろいろなことを思ってしまい葛藤したけれど、なんていうことないようにふるまい、他の本といっしょにさりげなくその本を買ったんだ。

店を出てから思わず早足になったよ。本を抱きしめて家に帰った。

そして自分で解説をつけて復刊してもらったんだ。もともとの版元はつぶれてしまったので、別の小さい出版社から出してもらった。この本を新たに世に出すお手伝いだけはできた。

興味を持っている人にとってさえも、一見なんていうことのない本だ。でもこれは、ある人がメキシコのネイティブアメリカンの小さな部族の詩をこつこつ集めて、出版を人に託して死んでいったことでできあがった、時間のかかった本なんだ。そういうものには奇妙な重みがある。かろうじて命をつないでいく力のようなものがある。そういう奇跡をだれも信じなくなっても、やはりそれはそこにある。

いつか遠い未来に、僕がとっくにこの世からいなくなった頃に、僕みたいな奴が同じようにこの本をどこかで見つけるだろう。そうやって本の命がつながれていくのは本には魂があるからだろうと思う。昔初めて喫茶店で読んだときからその本の命が僕をずっと呼んでいたから、こんなことが起こったんだと思う。僕はそう信じている。今、演じている君たちを見るのは夢のようだ。」

末長教授は目をきらきらさせて嬉しそうにそう語った。

私にはそういう考えはとてもよく理解できた。でも、もう一方の自分が思う。

確かにそういうことはあります。残酷なまでに厳密に、命はその力を発揮するんだと思います。そしてそういうロマンに私の親たちはきっと殺されたんです。だからあなどってはいけません。そういう力を扱うには、素手で無邪気に向かってはいけないんです。命取りになります。

でも、そんなこととても言えなかった。

いつかは話そうと思う、もっと気持ちがまとまったら。

そのいつかまで、このすばらしい友情が続くことだけを願った。

それにロマンというものは淀んでいた血液をきれいにして、人の精神を輝かせるよいものには違いないのだ。

彼らが見ていたすてきなもの、たとえば嵯峨のいつのまにか発達した腕みたいなもの。世話をしなくてもいつのまにか勝手に茂るローズマリーみたいなものだって、この世には確実にあるのだから。

それが人を救わないとどうして若い私に言えようか。

私はその考えのままで生き残ってきた教授の人生が、なるべく護られるようにと願わずにはいられなかった。

そして生きることだけは諦めようとしない嵯峨の姿が浮かんできた。

それがどんなにすばらしい光景でも、私は母が高松さんのいる世界を全てと思ったように嵯峨のことを思ってはいけない。嵯峨を生き残らせるためには、嵯峨が苦しんでいるのを見て感動している自分の残酷さをむしろ大切に持っていなくてはいけない。それは相手を生かしたいと思う女の本能なのだ。

「君たちが演じることで、本の命は喜んでいる。ありがとう。」

末長教授はそう言った。

学内の派閥争いや会議でその美しい夢をすり減らしている彼の魂が、今おいしい食事をしたよ、と私はきっといるだろうと信じたかった本の精霊につぶやいた。

この世は気味悪い魔法で満ちている。圧倒される力もあれば、妖精のような小さな力もあり、一見美しく見えるものもあれば、醜いのに中身は光り輝いているものもある。寄生虫のように人から吸い上げるものもあれば、ただただ与えているものも、なんでも存在しているのだ。

私はそちら側の世界も知り、現実は貧乏学生というあだ名の普通の女子学生で、両方に足をかけて生きていることから、もはや魔女の卵と呼べるものになっていた。だからせめて目にするいろいろなものに善き心で接したいと、良き魔女でいたいと、そう願うのだ。

嵯峨の作るパンを売っている小さなパン屋は、嵯峨の住んでいる寮の表側にある。パンを焼く厨房とお店は小さな出入り口でくっついている。

嵯峨の住んでいる施設の広い敷地内、大きな工場跡の廃墟（はいきょ）だった。施設に国から助成金がおりて、パン工房と店ができたのだ。

そこは少し町の中心街からはずれているので、はじめはその施設で働くボランティアの人や近所のごく限られた人しか来なかった。

しかしあるとき店の内装もパン作りも販売も施設に暮らす子どもたちやその出身者がやっているということがニュースで取り上げられてから、わざわざ遠くから車で買いに来る人が多くなった。施設を出てからパン屋さんを始めた人がいたのがそもそものきっかけだった。彼は両親を交通事故で亡くし、高校を出るまでその施設で暮らしていた。そして有名なパン屋に就職して、その後独立した。

天然酵母を自在にあやつりながら作るその素朴なパンは人気を呼んだ。助成金がおりてから彼は二店舗目をそこに開店して、親方としてやってきてパンの作り方を子どもたちに教えた。そのエピソードも評判を呼んだ。

人嫌いの嵯峨もそのパン職人の親方のことを尊敬していた。嵯峨が施設に入った時期にはもう彼は卒園していていなかったが、しょっちゅうパン講習をやってくれたらしく、嵯峨がパン作りに興味を持ったのはそのせいだった。いつも自家製のパンを食べて育ってきた嵯峨には酵母の味がはっきりとわかるから、教えるほうも楽しかったと思う。ちょうど私が末長教授にめぐりあったように、嵯峨もその先輩とめぐりあったのだ。

その日も駐車場は車でいっぱいだった。

予約は受けていないのでよく行列ができ、焼き上がりの時間に合わせて、次々にパンが売り切れてしまうほどだった。私たちはアメリカにいたからあたりまえだけれど、日本人はいつのまにこんなにもパンを食べるようになったのだ、と私も嵯峨もびっくりしたものだ。

私はおおよそ週に一度、嵯峨の作ったであろうパンを買いに行くことにしていた。

嵯峨は販売の係をしていないが、厨房から店にパンを持ってくることはあるから、挨拶はできる。それにたまには私が足を運ばないと嵯峨をほんとうに毎日私を迎えに来てはつけまわす人みたいな気分にさせてしまう。

小さくて素朴な内装の店舗は、カウンターにやっとふたりの店員バイトさんが入れるくらいだった。壁には高いところまでぎっしりといろいろな種類のパンが並んでいた。

私はお店に入り、クロワッサンとフランスあんぱんをトレーに載せた。

フランスあんぱんとは、フランスパンの生地の中にあんこが入っているものだ。そしてクロワッサンに関しては、

「おまえ、どれだけのバターがここに入ってるか知ってるか？　作ってみるとぞっとするほどだぞ。あれは、絶対太る。」

という嵯峨の言葉を思い出しながら彼を笑わせようと思ってわざと買った。うちに寄ったら食べさせてやろうと思って。

レジに並んでいたらおいしそうな食パンがぎっしり入った大きな銀の箱を持って嵯峨がやってきた。

「焼きたてだから袋は閉じないで売って。」

嵯峨が言うと、レジの女の子が嵯峨をじっと見つめてうなずいた。

ああ、この子も嵯峨を好きなんだ。私の胸はきしんだ。嵯峨こそがいつもとにかくもてるのだ。彼の淋しさはどうしようもなく異性をひきつける。

「嵯峨。」

わざとではなく、私は小さく声をかけた。

私を見た彼の顔はぱっと輝いた。

よかった、と私は思った。後ろめたさもなく、私をじゃまに思うでもなく、ただ会えて嬉しいという顔だったからだ。

彼のこの反応をいつか失ったら、私の中でなにかが死ぬだろう。

いつかそういう日が来たときになんとか対処できるように、そんな未来にもしっかり立っていられる自分であるように、私は今をただ受け入れていくしかない。

レジの女の子はそれを見てとても悲しそうにした。

ごめんなさい、と思った。でも、しかたがない。もうだれにもどうすることもできないいろいろな意味で圧倒的なものを私たちは抱えていた。一生いっしょにいるか、二度と会わないかふたつにひとつみたいな感情に支えられた関係だ。その崖っぷちには、生半可な気持ちでは関われない。

私は嵯峨が生きて大人になれているだけで嬉しかった。一度は失われるはずだった命、私が体を張って親のようにこの世につかみ戻した命だった。オルフェウスのようにどこまでも追っていき、振り返ってゾンビのような姿であっても連れて帰ってやる、私はそんなことに負けはしない、そのくらいの気持ちを持ってつなぎとめた命だった。

だから私は嵯峨とは違って、他の人物に焼きもちを焼いたり動揺することはなにもなかった。あるいは嵯峨が私をそうさせてくれているのかもしれない。

ただそういう波風を見るたびに、この世はなにごともない場所ではないことを思い、なにごともない世界をひたすらに求めてくだけ散った母の命のことなどをつらつら考える。

高松さんがさらっと言った言葉を覚えている。

「この女の子が、この男の子の面倒を一生見ていくなら、そして子孫ができて未来につながっていくなら、大人たちがみんな死んでも余地が残されるじゃないか。それだったら、そっちを取ろう。自分がいなくなったらそのあとの人生が心配だなんて、親のエゴだもの。俺も、できればみんなに生きていてほしい。死ぬのは自分だけで充分だ。それにまだまだ生きる気でいますからね。」

彼を遠くなく失うことでせっぱつまっていたのは、お母さんたちだけだった。

私はそのふたりの高松さんだけを信じる目の色が怖かった。自分たちのことはそれほどに大切に思っていないように見えたからだった。

なんでお母さんたちは最後まで生きようと思わなかったのか。そんなにも高松さんに頼っていいと思っていたのだろうか。彼の細っている命には思いきり負担になっていたのに。

今もわからない。ほんとうに理解できない。なんでもして生きていたらよかったと思う。経済的な不安が大きかったというのはわかる。だったら私の学費なんて使い果たしてもよかった。命より大切なものはないと口ぐせのようにみんなは言っていたのに。

彼女たちが現代社会に疲れ、高松さんの描く理想世界だけを見つめていたというのは、大人になってみてよくわかる。でも、だったらその志を継いで畑なり庭なりをやればよかった。母がひとりになって私たちふたりのことを育てていく自信がなかった、それも理解できる。でも、それだったらいっしょに働けばよかった。私たちは学校になんて行かなくてもよかったのだ。

今なら、今の年齢の私たちだったら、親と話し合って止めることができたのに。長い目で見ればそんなちょっとした誤差で、ものごとが決まってしまった。なにもできずにいるうちに。

朦朧(もうろう)としながらもみんなの死を認めなかった高松さん、睡眠薬での安楽死を望んでいたがとりあえずやめて、みんなには生きていてほしいと言い続けながら結局救急車で搬送された病院で亡くなった高松さんの気持ちをほんとうにくむなら、お母さんたちは生きていればよかったのだ。

今もそこは謎のまま、モヤモヤしていた。

そのモヤモヤはときに、人生とは、まだ私たちにはわかっていないだけで、ほんとうはやはりたちうちできないほどたいへんなものなのではないか？という恐怖と共に私や嵯峨を襲ってくる。


「あのレジの子は、嵯峨を好きなんだと思う。憧れているんだと思うな。」

お店の前の駐車場で私は言った。

口に出すと嫉妬だけみたいで悲しかった。

そして口に出したときだけ、あの子には可能性がたくさんあって、未来もあって、私だけがそこからいなくなってしまったみたいな絶望的な気持ちになった。

「なんでまこちゃんはそんなに焼きもち焼きなのよ。その上、ありもしないことばっかり心配して。確かに葉山(はやま)さんにはずいぶん前に好きって言われたよ。そして、悪いけどもう自分には好きな人がいて、結婚することにしてるからむりだって言ったよ。」

嵯峨は言った。

「やっぱりそうなんじゃない。」

私は言った。

「焼きもち焼きは嵯峨には負けるよ。それに嵯峨はそんなことを私に言ってくれないし。」

「好きって?」

嵯峨は言った。

「ううん、むりだとか。そういう、葉山さんという人に接するみたいな面を一切見せないじゃない。私のことなんてもうすっかり飽き飽きして、でも離れられなくてしかたないから会いに来てるのかもしれないじゃない。」

私は言った。声が震えて、涙が出てきた。

「なんだそりゃ。」

嵯峨は言った。

「まこちゃんは、頭の中が自分の声でいっぱいすぎるんだよ。ある意味、ひまなんだ。そんなこと考えつめていったら、好きなものだっていつのまにか嫌いになってしまって、結局僕がふられると思う。

もっともっといやなのは追いつめられての自殺だ。まこちゃんは僕の自慢の女なのに、おかしいよ、そんなこと。たまたまふたりきりになってしまったのがまこちゃんでほんとうによかった、得をした、ついてた、と僕はいつでも思っているのに。僕が今すぐおまえと結婚して、いっしょに住めばすっかり気がすむのか？　だったらそうしてもいいよ。もう少し広いところに引っ越して。そういうときのお金は施設で貸してくれるらしいから。」

嵯峨は言った。

「ほんとうに？　ほんとう？」

私は言った。

「うん、別にいいよ。どうせそのうちそうするつもりだし。他に行き場もないし。ああ、こういう率直な言い方がいけないのかな？」

嵯峨は言った。

「違う……そういうことは気にならない。ただ、嵯峨がパンの世界に行って、私が演劇の世界に行って、新しい世界へと、どんどん道が分かれていくことが怖い。だって私たちもうすぐほんとうに子どもとは言えない年齢になってしまうんだもの。そして大人になれない大人に育てられたんだから、この先は私たちにとってほんとうに全てが未知でしょう？　怖くてしかたがないの。」

私は言った。

言いながら涙が止まらなくなった。ほんとうすぎることを言葉に出してみたら、全てが胸に刺さりすぎた。

口に出すことで自分の気持ちがやっとわかることはいつだってある。

私は先に進む気なんかちっともないから、ずっと立ち止まったままだから、むりにでも進ませてくれる赤ちゃんを待っていたんだ。

「うんと若いうちからいっしょにいるんだから、しかたない。時間は流れてる。いつかは大人になっていく。そんなことは当たり前だろう。お互いに興味の対象も違うし、性別も好みも違う。大人になるにつれ、それぞれのずれが出てくるのはしかたない。でも、そんなものなのか？　そんな浅いものしか共有していないのか？

僕はパンをこねて焼いてれば面白い、そのパンに人気が出たらけっこう楽しい。お金がたまって自分たちの未来を支えてくれるのはそんなにだいじなことではないけど気分がいい。

きっと演じていて才能を発揮できたらおまえだって楽しいんだろう。

もしかしたら、高松さんや僕たちの親にとっての庭や畑は、僕たちにとってはパンとかお芝居なのかもしれないし、僕たちだって大人になれないで挫折ばかりしていていっこうにもうからない、そんなふうになるのかもしれない。ずっと清潔でもみすぼらしい服を着て。なんの夢も叶わず、モヤモヤして貧乏暮らしを続ける可能性もたくさんある。でもそこに流れている心持ちに関しては自分たち次第だと信じている。こんな時代にそれ以外なにを信じればいいんだ？

僕たちはお互いの存在を土台としているから、そういうことができるっていうだけ。なにをしていても、あの庭や畑のやり方や哲学がその成り立ちの基本にある、この世にたったふたりだけの人材だっていうことは確かだ。

よそを見ろ、違うことを学べ、今のままじゃだめだ、そんなことばかり毎日感じさせられている。でも、自分で決めたならここにいたっていいはずだ。人生は一度きりで、自分で選ぶんだ。あの人たちだって、別に選ばなかったわけじゃない。それが変な道でも自分たちで選んだことだけは尊重してもいいと僕は思っている。決して好きにはなれない選択だったし、もし意識があったら今頃後悔しているとは思うが、そう思っている。高松さんも、あの共同生活を楽しみや仲のよさから簡単に始めてしまったことを今頃後悔しているのかもしれない。うまくいって幸せで長く続けばいいっていうものじゃない。最終的には失敗した試みだったかもしれないけれど、それを生ききった人たちがいることを尊いと思うし、意味がないわけじゃない。僕たちが希望を持っていれば彼らの夢さえ全うできる可能性がまだまだある。

残された僕たちは不安定なものどうしだし、まだまだ子どもだ。でも、なにかしら確かなものは持っていると思う。おまえの言う通りに子どもが未だにできていなくってもだ。」

嵯峨は言った。

「それって、自分を落ち着かせたくて言ってない？　私ね、もっとばかなの。もっと単純にできていて、大きな目では人生を考えられないし、抽象的じゃないの。若い男女がセックスしたらもっとすばやく赤ちゃんができるものだと思っていたから、ずっと今の状態に当惑しきっているの。待ってるような、苦しいような、そんな気がしてきちゃう、いつだって。」

私はまだ泣きながら言った。いろいろな色の、帰っていくところがある車たち。ひっきりなしに入れ替わっている。

「ううん。ただ、おまえはなんていうか、ちょっとメルヘンっぽいんだよね。きれいにまとまっているというか、ガラス細工的というか。片側だけというか。そしていつだって頭の中が気持ちの言葉でいっぱいすぎる。そんなに気持ちだけだったら、生きるのが苦しくなるだろう？　そんなにシリアスにつめていったら、いつかはなんだって行き止まりになるだろう。もっとてきとうでいいんじゃないかって思う。僕のことを山とか道だと思ったらどう？　いつだってそこに間違いなくあるような。」

「山とか道かあ。」

私は言った。

アリゾナの山や道を思い描きながら。町を抜けて、川に沿って、キャンプ場があるあのすがすがしい道、そして光。遠くに見える光を受けた山々の陰影。

ふっと、少しだけ心が広くなったように思えた。

昔はいつもそうだったはずだった。

私はいつも確かに幸せだったのだ。幸せをありがとうと神様にお礼を言いながら毎晩眠っていた。この世でいちばん幸せそうな子、安定した子と親たちには呼ばれていた。

そんな頃、嵯峨はその存在を忘れてしまいそうなくらいいつもそのへんの目に見えるところにいて、毎日普通に会えて、いないときも後で会えるからいいと普通に思っていた。

実際にあれ？今日は嵯峨がいない、という日もあったけれど、高松さんの運転する軽トラに乗って、必ず嵯峨は帰ってきた。荷台で寝ていたり、疲れていて不機嫌だったり、虫に刺されて半泣きだったり、そんないろんなことがあっても顔を合わせていたら最後には笑顔になって一日が終わった。

よく嵯峨とくっついて寝てしまった、ソファや床の上で、遊んでいるうちに。体の一部分が嵯峨の冷たい体に触れていた。そのうちふたりとも温かくなって眠くなった。そんなときは大人たちのだれかが私たちに毛布をかけてくれた。その古くさい毛の匂いも覚えている。ちくちくするけれど温かい毛布だった。

「山とか道がなんとかしてくれることってあるじゃない。その存在の開かれたゆるさゆえに。」

嵯峨は言った。

「あの頃みたいに、まわりにいつも人がいて安心した感じじゃなくて、ただふたりしかいない感じがするから、つい気持ちがタイトになっちゃうのかもしれない。あとね、私は自分たちが生殖に最も適した年齢になってるからというのもあるんだと思う。他のいろんなことに気持ちを泳がせていたら、子どもができるはずないもん。それにここには月もでっかい空もない。気持ちがそれることが多すぎる。」

私は言った。

「おまえはまたその話。ほんとうに子どもが欲しいんだね。そしてきっとおまえの言っていることはある意味ではリアルだし、女の体の実感として合っているんだろうと思う。」

そう言ったときの嵯峨の信頼は、ずっしりと胸にしみてきた。

そう、私は単にだだをこねているんじゃない。なにかが少しずつおかしくずれてきた感じ、それがまさに赤ちゃんがやってこないという事態だったのだ。

でも毎日のようにまだ若いとか、いろんなことを楽しみなさいとかいう話を聞いたり、同級生がほんとうに子どもじみていたりすると、自分のほうが間違っているような気持ちになってくる。いや、いつのまにかそうさせられているような不思議な感じがしてくるのだ。夢の中にいるみたいな、まるで自分の人生の主導権が自分にはないみたいな。

「僕は男だから、まだそこまでは行けないけど、子どもはいやじゃないよ。全然。まこちゃんの言う通り、チームで生きるのに慣れてるから。だめならだめなりに人数が増えると味方が増えて、数で悪いものと勝負できるような気がするし。」

嵯峨は微笑んだ。いっしょに目の中の光も細くなってとてもきれいだった。私の心にまたその光が映って宿る。

「いつも夢に見るあの峡谷。あそこが私たちを呼んでいる。その交信が続くかぎりは幸せになれない気がする。でも、もし赤ちゃんがいたら嵯峨と私が倍になって心強い。それにもしかしたらあの大人たちの中のだれかが生まれ変わって助けに来てくれるかもしれないと思うと、頼もしい。

だって、私たちの家族、じわじわと減る一方だったんだもの。あの減っていく感じを一生忘れられないよ、怖かった。そしてこうならないでほしいと思うことがいちいちほんとうになっていったから、いっそう怖かった。私ね、一度でいいから増えていく感じを見てみたいの。」

　私は言った。

　赤い岩でできた山が私たちをまるで恐ろしい悪魔のようにぐるりと囲んで見下ろしている。空は真っ青だけれど、囲まれているから狭く、そのさわやかさにはどうしても手が届かない。もう親はいない、さっきまでいたのに、ほんとうに死んでしまった。そんなことがあるはずがない。あのいやな気持ちがよみがえってくる。かつてたくさんの血が流された大地がもっと血を要求している。あのインパクトを再現したいとうめいている。その前には小さな愛とかかわいい会話とか手のひらのぬくもりとか、そんなものの持つ力は吹き飛んでしまう。ここは牢獄（ろうごく）だから一度目が合ったのが運のつき、一生出られないのだ、どこにいようと、私たちの生は呪われている。

「行き止まりの峡谷だね。ポイントンキャニオンだ。おまえに言われてから、おまえが夢に何回も見るから、僕にもしょっちゅうあのイメージがやってくる。まるで自分が見た夢のように思っている。

　だからこそ怖い気持ちをなくすためにいつかもう一度行こうと思うんだけど。僕たちの母親は決してあそこで心中したわけじゃないのに、なぜかイメージの中ではあの三人はあそこの大地に血を流して横たわっている。いつかその秘密を真っ向から見て克服してみたい。」

　嵯峨は言った。

「私の中でも、あの場所がいちばん不吉なの。私のママは、みんなと一度トレッキングに行ったきりなのに、あそこから重いなにかを持ってかえってきてしまった気がする、とあそこをとても恐れていた。死ぬ直前の精神状態がおかしいときには私みたいに何回も夢に見るって言っていた。あそこで見たヴィジョンが、同じように、私たちも含めて全員が死ぬヴィジョンだったと話していた。幽霊の街ジェロームの幽霊ホテル以上に恐れていたのよ。どれほどのことか、想像もつかない。だから、私たちはまだ呼ばれているのかもしれない。あの土地にしみついた死の匂いに。」

　私は言った。

「幽霊の街ジェロームの幽霊ツアー、懐かしいね。」

　嵯峨は笑った。

　廃坑になった炭坑がある、今は観光地になっているセドナからほど近いゴーストタウンの丘の上に、必ず幽霊が出るという古いホテルがそびえたっていた。

　みんなは、特に私と嵯峨は面白がってホテルの中に入ってみようと言ったのだが、私の母がそこを怖がって決して行かないと涙目で言い張ったので、ホテルには入らなかったのだ。

その町に入ったら急に空が暗くなり、なぜか目の前にもやがかかったみたいになり、いろいろな店の中が全然見えなくなったのを覚えている。人も普通に歩いていたが、それ以上にがやがやとした重い気配が満ちていた。あそこはほんとうにやばいところみたいだ、行かなくてよかった、と高松さんは言った。

「奮発して『エンチャントメント』に泊まってもいいよ。私、バイト代も貯金しているし。学祭が終わったらまたバイトを始めるから。」

「あそこかあ、高すぎてレストランには一回も行けないだろうけどね。部屋で、買ってきたパンとかポテトチップスでも食べるしかないな。きっと部屋も広いんだろうなあ、緊張する。」

嵯峨は笑った。

「それでもいい。ふたりなら、それにたまに環境が変わったらきっとなにをしても楽しいと思う。きっと部屋っていうか一軒家だよね、あの感じ。外からしか見たことがないけれど。」

私は言った。

ボイントンキャニオンのトレッキングコースは、その高級なリゾートホテルに沿うようにあった。ものすごく広い敷地に平屋のコテージがたくさん建ち並び、景観を崩さないように建物の色は峡谷の岩々と同じ赤茶色だった。

私たちはホテルの外周のちょうど半分くらいに沿ってトレッキングをしながら、ずっとその豪華な様子を外から眺め、いつか中に入ってみたいねと言い合った。踊るように歌うように歩きながら。

はじめはとてもいい感じだった。

もう高松さんはあまり歩けなかったから、私の母と嵯峨と嵯峨のお母さんと私だけでそこに行った。

はじめは機嫌がよくていっしょに歌っていた母は、疲れのせいだけではなくトレッキングコースのゴールに近づくとどんどん無口になっていった。

そして怯(おび)えるような目で峡谷を見上げていた。母がその顔つきになるときはいつもなにかよくないものを心の目で見ているときだと、私は知っていた。私には見えない、でも母にとってはなによりも確かなもの。私の力では引き戻せない、そう感じていた。私はまだ母から産まれてきた母よりも小さきものにすぎず、もっと大きなものにあくなき憧れと畏れを母は抱いていた。ある地点になると、母は「疲れてこれ以上は行けない、ここで待ってるね」と岩に座った。のこりの三人は無言で歩き続けた。

嵯峨もそうだった。嵯峨が見たくないものや感じたくないものに接するときは、いつも心を閉じている顔になる。そういう顔で嵯峨はあの道をひたすらに歩いていた。

峡谷の奥に着いたときの重い絶望感を忘れられない。来てはいけないところに来てしまった、そう思った。いちおうしばらく座って谷底から山々を見上げ、すばやく去った。

母は真っ青な顔で、道ばたにまだ座っていた。いったいなにを見たのか、感じたのか。

あそこに行ったことが、彼女たちの死をほんの少し加速した、そんな気がしてならなかった。

「行けるなら行ってみよう。違う目で見ることができるかもしれない。ただの観光地として。」

嵯峨は私を後ろからぎゅっと抱いて言った。

昔から私が焼きもちを焼くとやたら機嫌がよくなる嵯峨だった。

そんなのばかばかしいな、と思いながらも会えたことが嬉しかった。ここまで来て、パンを買っても、嵯峨は工房で忙しくしていて全く会えないことだってよくあったのだ。

「どうしてそんなに楽観的なの。」

私は言った。

「ひとりじゃないから。」

嵯峨の声が頭の後ろで夢のように優しく響いた。性の香りがする甘く暗い夢だ。

「呼び出してごめんなさい、今日初めてお会いして、どうしても話してみたくて。」

彼女は言った。

「ぜんぜんかまわないです。私、友だちも少ないし、嬉しかった。」

私は言った。

「もう光野さんから聞いたと思いますが、私はすっかりふられたんです。あんなにあっという間にふられたことはないくらい早かったです。もうすっかり立ち直りました。だから、変な気持ちはありません。ただ、お話してみたかったんです。」

ワインが光に透けて薄い色のルビーのようだった。女の子といっしょにお酒を飲むのは久しぶりで、私の心はなぜか少し華やいでいた。

嵯峨が仕事に戻っていくと、お店の中からとつぜんさっきのレジ係の女性が走ってきて、話をしたいから場所を改めて会ってもらえないか、と言った。

葉山さんは、背が小さくてちゃきちゃきしている、まん丸の目をした人だった。

私はちょっと興味を持って、そしていっそ自分をいじめてみたいような気持ちにもなり、それから、なによりも自分の目を曇ったままにしたくなくって、いろいろ聞いてみたかった。想像するよりも楽な気がしたのだ。

彼女がバイトを終えたらお酒を飲む約束をした。そのことを嵯峨には言わなかった。学校の友だちと会うから、後で家に来てとだけ言った。

「きっと私といるときの嵯峨は、好きとかそういうことじゃなくて、自然なのに違いないとは思います。つきあいが長いから。」

私は言った。

「わかっています。結局は私に入る隙はない、ふたりはほんものだってわかったということです。私はただ、私が好きになった人が好きな佐川さんがどんな人なのか、ほんとうに興味を持って、憧れも持って、少し話をしてみたかっただけなんです。」

葉山さんは言った。

「もうしっかりふられた後なんですから。結婚相手が決まっているんで、って。そっけなく。蟻(あり)の這い出る隙もないくらいに。この言い方が間違ってるって知っていますけれど、ほんとうにそのくらいとりつくしまがなかったんです。」

「でもさ、私の結婚相手は、あなたがお店で困ったことがあったら助けてくれるだろうと思う。それは私が一生見ることのない姿なの。だから、私もあなたがうらやましいのかもしれない。」

私は言った。

「ああ……そうかもしれないです。でも、私はもうすっかりあきらめましたから大丈夫です。そうこうしている間に違う人に告白されて、今はそちらに傾いています。近所に住むとても陽気な人で、うちのパンが大好きな常連さんで、実業団でバレー部に入っていて、ご家族も知っています。ただ私は佐川さんがどういう人なのかに興味を持って、ちゃんと話をしてみたかっただけです。」

葉山さんは言った。

「いつだって人の言うことは、その人のめがねで見たものごとだから、不思議な感じがする。でも、自分には絶対見えないものが見えるんだと思うんです。だから、葉山さんの目に映る私と嵯峨は、夢みたいなんだろうなって思って、それを取り戻したい気持ちで、会いに来ました。嵯峨に近づきたいから私に近づいてくるのでないってことが、さっき駐車場であなたの目を見たとき、わかったの。もしよこしまな気持ちだったら私にはきっとわかるの。わかって、避けると思います。

私は今、大学で好きなことを学んではいますが、とても宙ぶらりんの状態です。ほんとうはとっくに嵯峨の赤ちゃんを産んで育てているはずだったんです。だれもがまだ若いんだからそんなに思いつめなくってもって言う。嵯峨さえもそう言うんです。

でも、私はただ驚いていて。日本に来たときに思い描いていたみたいな今じゃないことにとまどっているんです。そんなときは人生の波に逆らってはいけないって、私の親たち、私のお母さんと嵯峨のお母さんとその先生は教えてくれたんです。だから、演劇をしてみたり、一人暮らしをしてみたり、嵯峨の作るパンを買いに行ってみたりするんだけれど、どうしてもなにかが足りないような気がして、赤ちゃんを待ち疲れてしまったみたい。」

私は言った。

そして、私もだれかを一度くらいはそんなふうに好きになりたかったな、と思った。抜き差しならない因縁の出会いではなく、だんだんと近くなって、気になってみたりしたかった。ぜいたくだというのはわかっている。嵯峨との関係を多くの人にうらやまれてきた。こういう会合も一度や二度ではなかった。逆の場合もあった。私を追いかけてきた男の人に、嵯峨とじっくり話をしてもらって追い払ったことも。

私たちみたいに圧倒的なものを持っている人を前にすると、ある種の人は興味を持つ、それだけだ。

そんなときはいつも浮き足だったり嫉妬しそうな自分をぐっと抑えて全てを見る、と心に決める。たいへんな展開が起きて、嵯峨を失っても立っていられるか？自殺しないか？いつも自分に確認しながら。

親が自殺した人は、みんなそれを基準にしていると思う。もしかしたらそうでない人もいるかもしれないけれど、自分は常にそうだった。いつか自分もそうなってしまうような気がする。あの峡谷の陰影ににらまれて。

それを決めるのは自分のはずなのに、今の私は私でさえないような気がする。待っている状態というのはあまりよくないようだ。まるでひまつぶしをしているみたいな感じになる。

「ずっと日本で育ってきて結婚も高齢化している時代にいる私には、まだ若いからそんなに急がなくても、って言うことしか、やはりできません。」

　彼女は言った。

「私が他の人だったら、私にそう言うと思うんです、やっぱり。嵯峨の子どもを産むことだけずっと考えてきたんですけど、もっと簡単に実現すると思っていて。今頃三人くらい産んでいる予定で、資金繰りだけどうしようかと悩んでいたくらいなんです。」

　私は言った。

　彼女は目を丸くして私を見た。そして言った。

「そんなことを自然に考えられる、そういうところがきっと、おふたりは運命的なんだと思います。」

「運命のことは、わからないんです。だって、私は十五歳くらいからずっと妊娠を望んでいて、もうたくさんの時間がたって。

　でも、こんなにも人生で男女の問題に重きをおいている私に言われたくないとは思うけど、わかってはいるんです。この世には恋愛とかセックスとか以外にほんとうにすばらしいものがたくさんあるじゃないですか。たとえばいい土とか……。」

　私は言った。

「土？」

　まだまん丸の目で彼女は言った。

私はいい土をイメージしていた。

コンポストがよい肥料になって、手でよく混ぜる。

土に混ぜてふわふわにする。それは顔を埋めたいような温かくいい匂いの土になる。

その土をもともとの土によく混ぜる。完全に一体になって土の記憶が混じり合うくらいにまで、よく。

そこに今度はあまり心を込めすぎずに、さくさくといいテンポと隙間で苗を植えていく。ただし、その苗は種から小さい鉢に植え毎日眺めては讃(たた)え、丁寧につくった苗だ。毎日様子を見て、水をやりすぎず、よく光に当てて、眺めるようにしてなんとなく話しかけながら育てていく。

祈ったり、重く話しこむとよくない。

あくまでちょっと友だちに挨拶するみたいに心がけるけれど、悩みのある日はそれを話したりする。ようするにてきとうにやるのだ。虫は手や箸でつまんで、あまりにもすごいときは酢とか炭で作った液をスプレーする。

自分のテンポで勝手にむしったり抜いたり全体像をアレンジしたりはしないように心がける。ただよい心で接するだけがいい。

人生が全部自分の気持ちや目標でできていたら息苦しくて生きていけないし、どんなエピソードも入ってきてはくれない。半分は向こうから来てくれるから、それに反応することでものごとが動いて、人はなんとか生きていけるのだ。

天気や、育ち方や、そんなものの流れで世話をして、それにだいたい畑は七割くらい応えてくれるから、ちょうどいい喜びがやってくる。十割を求めているのに七割から九割の間だから、偶然のいい香りもしてきて、嘆きもほどよくあって、ちょうどいい気持ちになる。贈り物みたいな感じになる。それがゼロでもまた来年がある。生きていたらまた来年があるし、来年まで休んだりもできる。

そのテンポを私の心と体はいつしか見失っていた。多分畑をやっていないからだ。自分の作ったものを食べるというのはすごくリアルな行為だった。そうしているときは時間の流れと頭の中がうまく調和して、自転車の両輪みたいにうまく回っていくものだった。

昔はそんなふうに流れていた私の生活はすっかり人間主体になり、毎月生理が来るたびにどんどん狭まっていって、今はもう元の状態が思い浮かばないくらいだった。

人間主体のやり方はてんでなっていない。半分は自然と同じで相手からやってくるはずなのに、自分だけぐるぐると空回りしたり煮え立ったりして、苦しいから早く解決したいと願ったり、相手に押しつけたり。

「いい土は、温かいんです。その中に包まれていたいくらい。そして人工の肥料はまさに電子レンジみたいなもので、すばやく栄養が摂れるんだけれど、その温かさにえらくムラが出る。だから植物も手が冷たくて頭が熱い人間みたいに、へなちょこになってしまうんです。その差といったら歴然で、野菜の味にも差が出ます。結局は自然にかなわない、時間のスパンさえ多く見ることができたら、自然が解決することばかりがこの世のほとんどで、急ぐのも人間のつごうだし、とにかく人間なんてなんにもしてないんです。よくこの世にいさせてもらえるねっていうくらいです。」

私は言った。

「あ、かといって私のこと電子レンジを憎んでる人みたいに思わないでね。もちろん使ってます、ミルクを温めたり、ごはんを温めたりするだけだけど。めったに使わないし、中古のだけど。」

「佐川さん、やっぱり面白いですね。全く読めないいや。」

葉山さんは笑いながら言った。

「いやな奴だったら、意地悪したっていいって思っていたのに、私にとって佐川さんは光野さんと等しいものに見えてきました。ふたりは同じ感触です。なんだか切羽詰まっていて、切なくて、愛おしくて、奥深いです。」

「私は、女の人が恋しくて。あ、変な意味ではなくって、お母さんがいないから。それにいつもゴツゴツした嵯峨といるから、むしょうに女の人の声とか笑顔とかが恋しくなるときがあるんです。でもたいていの女の人は意地悪いし、比べるし、とにかく苦手だから。だからこうしてたまにむりしてでも女の人に会っておくの。今、水をごくごく飲むように女っ気を吸い取っている感じがする。」

　私は笑った。

「なんですか、それは。」

　葉山さんも笑った。

「たまにほんとうの友だちができそうになると、嵯峨が追い出しちゃうんだもの。これ、けっこう深刻なことなんです。あんまり考えないようにしているけど。」

　私は言った。

「恋愛を超えてますね、そりゃ。」

　葉山さんは言って、ビールを一口飲んだ。

　こんなふうによく知らない人とお酒を飲んで、過ごして、笑ってもらえた。

　その笑顔を私は大切に持っていようと思う。戦利品としてではなく嵯峨に焦がれて実は叶っていない仲間としても。

　嵯峨が永遠に追いかけているのは、嵯峨のお母さんだけだからだ。

　私は決してかなわない。何歳になろうと、どんなにきれいになったとしても、どんなに性格を改善しようと。

「長い間自然に関わって生きていたら、人間嫌いになってきたっていうのもあるんでしょうか？　私たちの間では、光野さんは偏屈だけれど酵母の声を聴けるって言われてます。きっと同じように佐川さんも人づきあいがあまり好きじゃないんですね。」

葉山さんは言った。

「それが、私にもわからないんです。ただ、そういうときにも自然について考えていると、心の中の狭い部屋が少し風通しよくなるような気がして。で、このコンクリートだらけの場所で、なんとかしのいでるんです。」

私は正直に言った。

「それに生殖は大きなテーマだと思います。年齢と共に体が勝手にそちらに向いていくんだから。でも今の世の中だとぽんぽん子どもを産むわけにもいかないから、恋愛が命になっちゃうのかもしれないですね。また一夫一婦制っていうのが、社会にも便利にできてるから。人間の嫉妬心とか独占欲とかを巧妙に取り入れた、よくできたシステムですよね。私、もし子どもがいっぱいできていたら、嵯峨のことこんなふうにきゅうっと思わないかもしれない。もっと大きく構えていられたと思う。ああ、だれかにこれを言えてほんとうによかった。」

私は言った。

「佐川さん、深すぎです。あと、理解しすぎ。もっといろんな余地を残してください。」

葉山さんは言った。

「余地とかむだな空間の良さについて、ずっと親たちに言われてきたのにな。親たちが新興宗教の信者だったから、私、うまくいかないことをなにかと全部言葉にしちゃうんです。」

私は言った。

テーブルの木に映るワインの赤や透明なビールの黄色。お酒を飲みに来ないと見られない光景の美しさに、私はうっとりとして、葉山さんに感謝していた。

嵯峨は外で飲むなんてお金がもったいないというタイプだ。私は赤ワインならなんでも好きだし、嵯峨も育ちのせいかカリフォルニアワインが好きで、いいものを安売りしているとと買ってきてうちで飲んだりする。でも私の部屋は狭いし飲んでもあまり気分が変わらない。

最近嵯峨はたまに酔っぱらってやってくる。

それはとても珍しいことだ。いい傾向だとも思う。寮の部屋で野郎たちと焼酎ばっかり飲んでいる。きっと今は、初めてできた男の友だちが楽しくてしかたがないのだろう、と私は思った。

ちょうど私が美紗子や葉山さんと過ごして、その声のトーンやフォルムや女性特有の気まぐれなふるまいにいい知れない安心感や懐かしさを感じるように。

ママ、と声に出すといつでも少し泣きたくなる。

服が溶けていたほど変わっていた母だったけれど、いてほしかった。

死よりも私を選んでほしかった。

相談したり、ぐちったり、柔らかい手に触れたりしたい。私の日常にはごつごつした嵯峨の肩や手しかないのだ。だからこうしてたまに女の子と会うと、若き母が息苦しいほどに懐かしくなる。


「ママ、今日なにかやっておくことある？」

私はたずねた。

いつも人の気配できゅうきゅうしていたその小さな家はずいぶん広くなっていた。ふたりも人が減ったからだ。

母は背筋をぴんと伸ばして朝ご飯の皿を洗っていた。ふいて片づけるのは私の仕事だった。

母はいつもの緑色のエプロンをしていた。なんの変哲もない、ぺらぺらのエプロン。そして、すでにいろんなところにパッチワークみたいに継ぎがあたっていた。むりもない、私がものごころついたときから、ずっと同じエプロンを母はしていたから。

「うーんとね、今日はお店が八時までだから、なにか晩ご飯持ってくる。」

母はにこにこして言った。少女のように屈託のない笑顔だった。

母は背がすらりと高く、目がくりっとしていて、笑うと唇が大きく半月の形になった。のばしっぱなしの長い髪は陽に焼けて茶色くなっていた。目尻のしわもセドナでの日焼け暮らしできれいに深くなっていた。

「嵯峨となにかそのへんのものを食べておくから、たとえばそうめんとか。だからなにもいらないよ。ママの分もサンドイッチかなにか作っておいてもいいし。ツナときゅうりのなら、作れるから。」

私は言った。母のエプロンのひもをいじりながら。

「いいよいいよ、ちゃんとまかないを持ってくるから。お腹減ったらポテトチップスでも食べてて。後で洗濯物だけ取り込んでおいてくれる？」

母は窓の外を見て言った。

大きな窓の外には小さいベランダがあり、そこには私たちの洗濯物がひらひらと青空にはためいていた。

「洗濯物、ずいぶん減っちゃったねえ。」

母は言った。

いつもはもっとぎっしりだった。大人三人と子どもふたりの衣類がぎゅうぎゅうに干されていたのだから。嵯峨のお母さんが煙草を吸いながら、鼻歌を歌い、きっちりと洗濯物を干していくのを見るのが好きだった。その光景もすでに永遠に失われていた。

「うん。」
私は言った。
見上げた母は心細そうに見えた。部屋の壁の中にふっと消えてしまいそうだった。
母の目から涙がぽろりとこぼれた。
どんな赤ちゃんよりも純粋な涙だった。
「もっと色とりどりの洗濯物が毎日いっぱいだったよねえ。大人の男のパンツもあった
しねえ。」
母は言った。そしてしゃがみこんだ。
私は母の背中をなでて、
「うん、減っちゃって、淋しいね。」
と言った。
母はただ泣き続けていた。図体だけはとても大きいのに母は子どもみたいに小さく見
えて、とてもこのたいへんな世の中を泳いでいけるように見えなかった。高松さんや嵯
峨のお母さんが恋しくて、私も泣けてきた。
私が泣いたからって、母がしっかりするわけではないし、嵯峨はまだ寝ていたし、洗
濯物は淋しそうにはためいていたし、あと何日こんな心細い日が続けば、私たちは明る
い場所に行けるのだろう、とそればかりを考えていた。

葉山さんの細い肩に、私はそんなことを思い出していた。

いったん思い起こせば、心の中に思い出の映像はいつもどんどん流れ続ける。甘く懐かしく音質の悪い音楽みたいに。

「人の望みってどこまで叶うんだろうね？」

私は言った。

「だいそれたことを願ってるわけでもないのに、少し不安になると絶対叶うはずがないって思ってしまうのよ。」

高松さんが死ぬまでどこまでもついていくという望みをお母さんたちは叶えたけれど、それを今どう思っているかも実際のところはよくわからない。後悔しているのか、やりとげた感いっぱいに成仏しているのか。

自分を抜きにして直感で姿を思い浮かべると天国の母はいつも笑っている。いい感じの笑顔なので、悔いはないいんだとわかる。

でも、それに自分の考えを入れると全部が曇ってしまう。ああそうか、嵯峨がいつも清めているのは自分の考えのほうなんだ、と毎回わかることができる瞬間だった。

「きっと赤ちゃんは来ますよ。」

葉山さんは言った。

「まだ時間はかかるかもしれないけど、十年だってもっとだって、だめなときが来るまでまだまだ待ったらいいじゃないですか。

できるときは一夜でできるんですし、いざやってくると赤ちゃんは手がかかりますから、私は甥っ子がいるんでそのたいへんさを少し知っているんですけど、忙しくて光野さんのことなんてどうでもいいっていうくらいになっちゃいますよ。そのときに初めて、いろんなことが叶ったかどうかわかるかもしれないですよ。」

「うん、私もそうなりたくてしかたがないんです。嵯峨のことを見るたびに、ふたりの母親が死んでいる場面を思い出すのはどうなのかなって思っていて、上書きしたいです。ほんとうに毎回ドラマの回想シーンみたいに描いているわけじゃないの。ただ、嵯峨を見て嬉しいと思う瞬間に、その奥底に澱のようにその場面がいつも影を添えているような感じで。赤ちゃんさえ来れば、そうじゃなくなる気がして、ついあせってしまう。」

私は言った。私が嵯峨をただかわいいと、愛おしいと思って見つめていたのはほんとうに小さい頃だけだ。その後はどんどん「失ったらどうしよう」という対象になってきてしまった。

「おふたりのお母さまがどういう亡くなり方をしたかは知らないので軽々しく言えないんですけれど、もうそれは上書きするしかないですよ。私はそう思います。」

葉山さんは目をきらきらさせて言った。

「自分でその考えに行き当たることと、人が言ってくれるのは大きな違いがありますね。今、気持ちが明るくなりました。」

私は言った。

「だからこそ他人がいるんです。光野さんも、佐川さんも、もっと他人がいるということをよいほうに使ってください。そんなに他人を信じて亡くなったお母さまたちがおられるなら、なおさらです。ふたりはなんだか似ているんです。まるで他人なんてこの世にいないような、当てになるものはこの世にないような、淋しい雰囲気。だからこそ、ふたりはいっしょになって、どんどん上書きされてください。今は、今なんですから。私も赤ちゃん見に行きますし、私も結婚して子どもを産んだら遊びに行きます。」

葉山さんは言った。

「いや、そこまでの人づきあいは正直面倒くさいです。焼け木杭(ぼっくい)に火がついても困るし。」

私は言った。

「でも、気持ちは嬉しい。興味を持ってくれていることも嬉しかったし、こうしていっしょに飲んでくれていることも、嬉しいです。」

葉山さんは率直すぎる、と大笑いした後に言った。

「じゃあ、道で会いましょう。お店や、道で。」

お互いが子どもの手をひいて、ばったり会っている場面だけが、私の頭の中にまるで実際の記憶みたいに残った。

この画面はパンみたいないい香りがする、そう思った。

どうしてだろう、新しいことなんてみんな幻みたいに思える。私はもうあの頃みたいに人と過ごせないし、女の人が身近にいる生活もきっともうできない。そう思う。だから葉山さんの生の動きがとても嬉しかった。幽霊だけじゃない、過去だけじゃないと思える瞬間だった。

「女の子とおしゃべりするって、ほんとうに楽しいね。ありがとう。」

私は言った。

「唐突なそして率直すぎる感想を言わないでください。」

葉山さんは笑った。

「これからはお店に来たら、声をかけてください。」

「パンの耳ももらえる？　あれをかりかりに揚げたやつが好きなんです。太るからあまり食べないけど。」

私は言った。

「いつだってあげます。前もって電話してくれたら、取っておきます。」

葉山さんは言った。

そうしている間にもお店の中の人たちはみんななにかしらおしゃべりしていて、泡みたいな音がぴちぴち響いていた。その華やかな雰囲気は、私にすかすかの洗濯物の悲しい場面を忘れさせた。

町の中に、挨拶できる人がまたひとり増えた。これが住んでいるということだ。こんなふうに知り合っては、私たちの前をいろんな国のいろんな人たちが通り過ぎていった。淋しいとか悲しいとかそういうのではなく、風景が流れるように自然に流れていった。この町に私たちがいつまでいるのかわからないけれど、それでも増えていくことはほんのりと嬉しかった。

その夜、すごく懐かしいものを見つけた、と嵯峨が持ってきたのは、まだ親たちが若かった頃の映像だった。嵯峨の部屋を整理していて見つかったヴィデオテープに入っていたものをＤＶＤに焼き直してもらって、だいじに懐に入れて嵯峨は持ってきた。

私はワインに酔ってうたた寝していたので、嵯峨が入ってきたときは夢見心地だった。今はいつなのか、どこにいるのかわからなかったほどだ。

さっきちょうど母のことを映像として思い出していたから、なんてタイムリーなんだろうと私は思った。こんなふうに同じことを考えている日があると、つながっていることが確かに思えて幸せを感じる。

葉山さんと飲みに行ったことは特に言わなかった。

「観よう、観よう。」

私は言って、電気をつけた。

再生すると、懐かしい声が次々に聞こえてきた。

セドナのゲストハウスの厨房で、毎日くり返していたような、なんていうことのない会話、ワイングラスの触れ合う音（嵯峨のお母さんがいっぺんに何個も運ぼうとするから）、ちょっとしたペースト類（たいていはトマトサルサかガーリックと味噌のディップ）と手作りのパン。窓から入る懐かしい強い光や、それに照らされた若き日の親たち。高松さんが元気だった頃の楽しかった時代。次々にそれぞれがアップになり、笑顔や照れを見せる。小さい嵯峨が部屋の隅で本を読んでいる。今と同じむつかしい顔をして。そして私は今と同じ、ぼんやりした顔でパンを食べている。まこちゃんはなにか食べるとき遠くを見るね、といつも高松さんに笑われた。

「人生はいろんなときがあるって、この人たちは思えなかったんだろうなあ。」

「私たちも、いつか、なにか大きな変化にさらされて自殺しようと思うんだろうか。」

私は言った。

嵯峨は黙っていた。

そしてしばらくしてから言った。

「親たちは、僕たちにそんな呪いは決してかけてない。僕らにそんなものを残していかなかった。むしろ、僕たちが生きていたから、彼らは死ねたんだと思う。」

「勝手な人たちね。課題ばかり残して。」

私は言った。

「僕たちにはあまり見せなかったけど、限界だったんだろうね。」

嵯峨は言った。とても優しい言葉だと思った。

「私たちがもう少し大きかったら、相談に乗ったり、お金の面で力になれたりしたのかなあ。」

私は言った。このことは何回考えても切ない。その頃の私たちにとって、具体的なことなんて全くわからなかったからだ。手伝う気はあっても、自分がどう手伝えるかは考えの中で現実に結びつかなかった。そして続けた。

「こんなふうに親の天国での幸せを願っている私たちが悪い子だなんて、神様はきっと思っていない。もしいるとしたらだけれど。」

「僕は、今になって高松さんをいっそう好きになってきた。書いているものを読んでだけれど。昔は、なんてインチキなおやじだろうと思ってた。

僕の母親は美人だったから、それで言い寄ってきたんだろうと疑っていた。でも、ああいう大人でいることがどれだけたいへんなことか、しみじみとわかってきたんだ。

毎日パンを焼くと、酵母は生きているからできが違う。こちらの舌も毎日違う。天候も違うし、オーブンの温まり具合だって季節に影響を受ける。ちっとも退屈しない。むしろ無限な世界に入っていく喜びさえある。でも、パン以外のことが必ずいつだって僕に影響する。こうとなったらパンのことだけ考えていたい、とりあえずそうしてみようと実行してしまう、高松さんはそういう大人だった。その偏屈さを受け継ぎたいと思えるようになってきた。あの人たちの生き方は多少極端だったけれど、否定することはできない。それに、まこちゃんのお母さんはとても女手ひとつで僕らを育てられるほどにたくましくなかった。あのときはしかも変なアメリカ人のおやじに言いよられていたじゃないか。あれがなによりもお母さんをすり減らしたんだと思うよ。子どもふたりひきとってやるっていう、家持ちの独身男。」

嵯峨は言った。私はうなずいて言った。

「ああ、しつこかったね。とてもしつこかった。」

母はだれかにぐいぐい来られるのが大嫌いだったが、その男性はお金も空間も子どもたちがいっしょに暮らしていく権利も、なにもかも与えるからとかなり強気で花を贈ってきたり、食事に誘ったり、服をプレゼントしに来たりした。

彼は私たちが住んでいる小さな集落でいちばんのお金持ちだった。

高松さんの遠い親戚であるゲストハウスのオーナーとそのまわりの人たちはもちろん

母をかばってくれたし、私たちのことも見てくれてはいたが、もはやいろいろなことに潔癖で疑り深い状態になっている母の気持ちを溶かすことはできず、その親切はあまり届かなかった。

店の裏の私たちの家のすぐそばの地帯に彼の元妻とその取り巻きがいて、そのグループに、母は町にいられないほどの意地悪をたくさんされた。詰まったトイレをわざと掃除させられたり、ドアの前にたくさんゴミを出されたり、スーパーのレジでわざと割り込まれたり。

母はそのことでいつも泣いていた。人の悪意はしつこすぎる、戦う元気が出ない、もう疲れたと言っていた。

私がいくら手伝うと言っても、嵯峨が背中をなでても、吠えるように泣いて泣き止まない夜もあった。私はとても心細かった。そばにいるのに淋しくてしかたがなかった。

ひとりで子どもを育ててなんかいけない、と母は泣いた。

そのたびに私は自分が育てられなくてはならない子どもの年齢なのが悲しくなった。言ってくれればなんでもするのに、大人と同じようになんでもするのに、と。

そんなときに母を経済的にも精神的にも支えると言い続けたその男性に、母はほんの少しだけ心を許しはじめた。その道もありかな、と思ったのかもしれない。私たちはそんなことまっぴらごめんだと思っていたが、女がひとりで生きていくにあたって、国籍の問題も、養育費の問題も、引っ越して広い家に住めるという条件も整っていて、そんなになんでも大丈夫にしてくれる条件を持つ人がいたら、気のいい母にとってはかなり心揺らぐことだったと思う。

いつも昼間か店でしか会っていなかったが、ある日しつこく誘われて夜一回だけデートしたとき、母は車の中でレイプされたらしかった。母がものすごい状態で帰ってきてバスルームから出てこなかったことを、当時は私も嵯峨もよく理解できなかった。でも、なにが起きたかは後からわかった。アメリカの田舎町で、デートに応じて、夜いっしょに車に乗ってしまって、しかももしかしたら母は少しくらいそういうことになってもいいとやけっぱちで思っていたかもしれないから、しかたなかったのかもしれない。

母にはそういう弱さがあった。母の良いところだけを壊さないようにして育て、守ってくれていたのが高松さんと嵯峨のお母さんだったのだと思う。

その後も、彼のまわりの人たちは、彼の元奥さんの友だちばかりだったのでしつこく母をいじめた。日本人が彼を誘惑して寝たと言いふらされ、その男もいっそう調子に乗って母を追い回した。

そのことを思い出すと、まだ怒りや悲しみで胸が震える。

母は人の悪口なんか言えない気の小さい人だったので、みんな胸の中に押し込めてしまった。

そして爆発してしまった。文字通りの爆発だった。

「アメリカ人の無神経な人って、ほんとうに果てしなく無神経だからなあ。なんで僕たちは守ってあげられなかったんだろう。」

嵯峨は言った。

「私たち、精一杯がんばったし、守ろうとした。でも、うちのママみたいに繊細なタイプにはとても耐えられない状況だった。」

私は言った。

「でも死ぬっていうことには、どうしても納得できない。僕は、自分の母にも、最後まで、病気でもなんでもいいから生きててほしかった。」

嵯峨は言った。

「それは私もほんとうにそう。ママに会いたい。なんで死んじゃったりしたんだろう。止めたかったなあ。止めたりもめたりしたかった。ママを病院に入れたりしたかった。今ならできるのに、あの年齢じゃあできなかったよ。」

私は言った。私の声は子どもに戻っていた。

「どんなに明るい気持ちで、どんなに私たちを愛して去っていったとしても、もしくは生きるのがどんなに困難であったとしても、私たちはやっぱり悲しい。最後の最後まで私たちに一日でも多く会おうとしてくれなかったことが。たとえば嵯峨が死んだら、私も生きてはいけないと思うと思う。でもきっと、体は生きてる。生きてたら、なんとかしてただ這うように次の日に持ち越すと思う。」

「逆もそうだろう。考えたくないけど。」

　嵯峨は言った。

「私たち、長生きしてやりましょう。そしてせめて一年くらいの差で死ねたらいいのに。」

　私は言った。

「女の寿命は長いからなあ……。」

　嵯峨は言った。それを言っているときの顔がほんとうに悲しそうだったので、私の胸はいっぱいになり、同時に今の毎日に対する感謝でも胸がいっぱいになった。こんなすばらしいことがまだまだ続けられるなんて、生まれてきたかいがあったと、私は思ったのだ。

　明日もあさっても嵯峨に会える。

　なんてぜいたくなことだろうか。

　その幸せを見た視点はまるで鳥のように高いところで、私ははっとした。私はやはり幸せな場所に来ている。いつのまにか。

　なんであんなに思い詰めていたのだろう?初めて本気でそう思えた。

「嵯峨へ

あなたを残していくことだけが、身を切られるように悲しいです。

でもあなたにはもうひとりのお母さんがいるし、お姉ちゃんがわりのまこちゃんもいるし、まこちゃんと早々に結婚したら三人はもっと家族になるし、きっと大丈夫だと思いました。気楽に考えます。

このあいだ話したとき、どうせもうすぐ死ぬんだから、死ぬまで生きててよとあなたに言われて、お母さんは笑っちゃいました。

病気がどうなるかこわいというよりも、少しのあいだも史郎さんをひとりにしたくないっていう気持ちなんだけれど、あっちですぐ彼に会えるかどうかもわかんないね。

もしも天国が男女別だったり、年齢別だったらどうしよう?

行ってみないとわからないので、行ってみて連絡が取れそうならまた知らせるね!

私は鳥が好きだし、できることなら鳥になりたいから、きっといつだって鳥にたくします。

鳥があなたになにか伝えてきたら、それは未来永劫（みらいえいごう）、お母さんからのメッセージだよ。

愛してます。

あなたを人にあずけて去っていくのは気がひけるけど、私は悲しい人生を歩んだわけではなくて、今すっきりしてます。

私は病院が嫌いで、日本の病院はもっと嫌い。息がつまりそう。でも、この陽気な私なら、お金があまりなくて六人部屋でもきっと楽しい場所に持っていけるよね。ホスピスを見つけて、先生とも看護師さんとも友だちになって、いい感じに持っていくこともきっとできるんだ。

でもさ、そこまでがんばりたくないよ。どうせもう最後だし、痛いし、苦しいし、お腹に水もたまるし。今回ばかりは静かにしていたいと思う。それが、いつも人を楽しませてきた私にとって最高のぜいたくなの。

それでも保険のことなんかよく考えると、今はちょっとオーバーステイしていて不法滞在者の私は多分遅かれ早かれ日本に帰って入院しなくちゃいけないことになりそうだし。

かといって、みんなで帰って、あなたたちに看病してもらったり薬買ってもらったりするのも、なんだかもう、どうにもこうにもしたくないことなんだ。

面倒くさがりで、ほんと、ごめん。

私はやっぱりあなたよりもむしろ佐川さんたち母子が心配だから、守ってあげてくださいね。

　私がいなくなっても、季節は動くし、木はきれいだし、いいことがたくさんあなたを待ってるからね！　期待してていいよ。

　じゃあね。

有子」


　たまに嵯峨は空を見上げて、鳥を追っている。

　鳥も嵯峨が好きだ。どんな鳥も嵯峨を好きなのだ。

　いつか大きなオウムと暮らしたい、と嵯峨は言う。赤ちゃんを持つことと等しくそれは私たちの夢だった。オウムが大きな声を出してもいいところに住もう、ということ。

　電車に乗っていたら、停車中のあいているドアからいきなりインコが入ってきて嵯峨の肩に止まったことがある。鳩(はと)もすずめもペリカンも孔雀(くじゃく)も、みんな嵯峨になつく。嵯峨が鳥を見ているときは、鳥の声に耳を傾けているときは、きっとお母さんからのメッセージを聞いているのだろう、と私も耳を傾ける。

　私にはなにも聞こえないけれど、嵯峨のお母さんの笑顔が心の中に広がる。あの陽気でさっぱりした人の美しい面影が。

「最近、あなたのことがいろいろうわさになってるって聞いた？　少し話がしたいんだけれど。」

いかにも心配そうな顔で、うわさ好きの水野さんと田中さんがやってきて、私を囲むように座った。私が学食のコーヒーとチーズケーキと本から顔をあげると、水野さんがそう言った。彼女たちはゼミでいちばん華やかな数人からなるグループを作っていて、水野さんはそのリーダー格でいちばんきれいな人だ。去年はいっしょに舞台に出た。私は男装の彼女の恋人役だった。

不思議なことに、だから今もちょっと切なくなる。その背が高くて鼻も高い顔立ちや、きりっとしたきれいな線を描く肩のあたりを見て、元恋人よ、と思ってしまうのだ。

「教授と特別な関係にあるっていううわさも流れてる。」

田中さんが言った。

「交互に話す法則でもあるの？」

私は言った。

「だったらこちらは人が足りないから、美紗子を呼んでくるけど。」

おまえたちは小学生か、もうそういうのやめろ……っていうか、私のいないところで一生やってろ、と私はついそんな下品な今ふうの言い方で頭の中だけでつぶやいた。まあ、女子大生なんてそんなに害がない。お金がからんでないから、と私は思っていた。だからちっとも気にならなかった。

それでも体の後ろ側がちょっとひやっとする。

調子に乗っていると母みたいに最終的にはレイプされたりいじめられたりとことん行くことはあるような気がするからだ。

母はなにがあんなに怖かったんだろう？とたまに思う。そして大人になってきたからこそわかることがある。母は急に同居の大人の友だちをふたり失い、ひとりになってしまった。それから日本に戻りたくなかった。しがみついてでも、あの掘建て小屋に住んであの仕事をしていたかった。そして大人の男に求められることにもあまり慣れていなかった。怖いことや失いたくないものがとても多かった。

私はいざとなったら学校をやめられる。嵯峨もいる。だからこんなに強気でいられるのだ。私が特に強い人間なわけではない。

「交互に話したいというより、みんなが佐川さんに興味しんしんなの。」

水野さんが言った。

「でも、私はあなたを気の毒に思うから、話してみようと思って……話してもいい？だって、佐川さんはご両親を亡くされているんでしょう？　教授の好きなアリゾナに住んでいたこともあるんだよね。」

そろそろリーダーが独演会をする時間が来たみたいだ、と私は思った。

彼女たちは末長ゼミの先輩だった。四年生なのでどうせ劇には出ないのだが、なにかとゼミをしきろうとする。教授がなまじ雑誌やTVに出ることがあるサブカル有名人だから、公開ゼミでいっしょにTVに出たこともある。そんな流れでいつでも彼に近づきたくてしかたがないらしかった。

「美紗子さんは呼ばないほうがいいと思う。言ってたもの、あなたが末長教授に特別扱いされているから主役になったって。それで、美紗子さんはそれを正直言ってねたんでいるって。私美紗子さんから直接聞いたから間違いないんだけれど。で、その美紗子さんが、あなたには婚約者がいるって言うんだけど、ほんとう?」

私は黙って聞いていた。

美紗子は人をねたむような人間ではない。

でも聞かれたらなんでもすらすら答えてしまう人だから、婚約者のくだりはほんとうだろう、そこに、水野一派のスパイスを足してこの話はできているとさっと推理した。そんな水野さんは口とはうらはらに目をきらきらさせていてほんとうに楽しそうだった。そんなときに人の発する熱は息苦しい。

こういったものを避けて避けて、まるで煙草の煙を避けるように避けていたら、わずかな煙にも反応するほど敏感になって、高松さんは世を捨て、嵯峨のお母さんは病気になり、母は死んだのではないだろうか。

そのくらい、ばかみたいに優しくいたい人たちだったから。

いじめられて近所のがらがらに空いたカフェでわざわざトイレのわきに座らされていた母を思い出した。しかも近所の人たちがわざと毎回トイレの戸をあけっぱなしにして出ていく。それを毎回、母は閉め直していた。

そんなときは泣くまい、気にしまいといつも顔を上げていた母。

お金持ちにみそめられて、町中の独身女にねたまれてしまったのが運のつきだった。あそこで私たちは悪い意味で目だっていた。友だちたちがスキャンダラスな死に方をして、ふたりの子連れで、独身で、身寄りがなくて、おっとりした、地味な服を着ても隠せないくらいに美人だった母になにごとも降りかかってこないはずはなかった。

要領が悪くて畑仕事も手伝うくらいしかできず、手伝うと言ってもいちばん得意だったのが虫を箸でつまんでビニール袋に入れるくらいだった母、家のことなんて電球を替えるのがやっとだった母。脚立に乗ればひっくり返り、釘をうてば曲がり、鉄鍋は毎回焦がしてしまう母。母は嵯峨のお母さんの手伝いをひたすらしてなんとか許されて生きてくることしかできない、お嬢様のままだった。

彼の地で親を失ったみなしごは、むしろ嵯峨よりも母のほうだったのだ。

「ほんとうです。もうすぐ結婚して大学もやめるか、卒業まで待つか、いずれにしても子どもができたら舞台にも出られなくなるので、先生がそれを配慮してくださって主役になれたんだと思います。」

　私は淡々と言った。

「なんでこんな若いのに、学生結婚？　おうちが資産家なの？」

それにしてはみすぼらしい服を着てるとは、水野さんは言わなかったけれど、目がはっきりとそう訴えていた。私の古いトレーナーのちょっとほつれた袖口をじっと見ていたからだ。

「いいえ、ただ、私、両親が早くに死んでしまったから、それにひとりっ子だから、早く家族がほしくって。」

　私は言った。

「まあ、気の毒に。」

　美しい眉をひそめて水野さんは言った。

だから私はあなたたちの敵ではない、と言いたかったけれど、末長教授が私の演技をほめたり、ほめて自分が脚本を書いている劇団に推薦したりしているんだから、面白くないのは当然だろう。

　そういう餌で魂を卑しく養うと、減ってしまうのに。知らないなんてかわいそうだ。魂は汚い餌で生きていると餓鬼になって、もっとごみをあさりたくなる。ささいなことのようだが、けっこうな流れができてしまうものだ。卒業して今仲のいいグループが解散しても、それぞれがまた同じような人たちと同じことをする。そこで時間が止まってしまう。気の毒な人生だけれど、いつでも起死回生の逆転はあるから、がんばってください、と私は心の中だけで思った。そして言った。

「私だってそこまで世間知らずじゃない。学祭で主役になったり、プロの劇団でもない劇団に客演で出してもらったって、それだけのことです。女優気取りをする気持ちはないわ。ねたむにも値しない状況よ。」

「まあ、そんな言い方。」

　わき役っぽく黙っていた田中さんが驚いた目をして言った。

　演じるのは好きだ。なにもかも忘れられる。しかし舞台を一歩降りたら面倒なこともこんなふうに数倍に増えている。演じるということの中には、きっと人をたまらなくさせる何かが潜んでいるのだろう。

　もしも私に才能があるとしたら、それが私を引っ張っていくだろう、なかったのなら、世の中の役にはたたないから、天が自然にやめさせるだろう。

　こんなふうに注目されるほど、私の中になにかがあるのならば、やっぱりやってみよう、ただそう思った。

　そしてきれいなことを考えよう、そう思って、私は去年この顔立ちの美しい水野さんと恋人同士になって演じた詩をくりかえし唱えていた。

「もうワラチが去っていった
　星々が輝いている
　きらめいている　きらきらと

　もう去っていった　太陽のワラチ（三つ星）
　夜通し歩いて　夜通し歩いて　太陽のワラチよ

　この世界に生きていた　太陽のワラチよ
　この世界に生きていた　太陽のワラチよ」

　あのとき、水野さんは私を舞台の上でぎゅっと抱きしめたっけ。

　女の人に抱きしめられるのが母以来だったから、意に反してリハーサルから本番まで、毎回ちょっと泣きそうになったことを思い出した。いつか水野さんもお母さんになってだれかをぎゅっと抱きしめて、もしかしたらその子を意地悪に育てるかもしれないけど、その百倍くらい慈しむだろう。

　意地悪に育った子も、お母さんがその百倍慈しんでくれたことを、ぎゅっと抱いてくれたことを理解するだろう。

そう思うとなんでもよくなった。

そして詩の内容を思った。

私たちを育てた三人の魂がきらきら宇宙で光っているさまを想像したら、胸の中のモヤモヤはますます遠く消えていった。流れ星みたいに、きれいな弧を描いて。

「でもね、私もさ、実はお母さん死んでるんだ。だから女同士でいつもつるんでるんだけど。なんか淋しいから。この年齢だと、親がいない人のほうが少ないじゃない。みんなが親と過ごしている時間をもてあましてる。」

ふいに田中さんが言った。そして続けた。

「佐川さんってほんとうに変人だけど、そこまでがっちり婚約者がいるなら、私たちに害はないんだね。ほんとうに。でも、教授にひいきされてるのはちょっとうらやましい。私たちにないものを持ってるって感じ。」

「率直な人ね。」

私は目を丸くして言った。

「それだけがとりえだから。もうこんな物言いを注意してくれるお母さんもいないしね。」

田中さんは言った。田中さんが心のうちを話してくれたのが少し嬉しかった。水野さんの顔色を見ないで、ひとりの人間として自分だけの心を。うなずいて私は言った。

「私、親が死んでから日本に帰ってきて、電車に乗る前に飛び込みがあるかどうか、わかるようになった。そういうときは一本電車をずらすか、別の線を使う。そうするとね、やっぱり乗るはずだった電車で飛び込みがあるのよ。この能力があれば止めることもできるんじゃないか？　って一時期真剣に考えたくらい。でもずっとあちこちのホームで見はっているわけにもいかないし、自分がだれかを説得できるほど生き生きと生きているわけでもないから、ただわかっちゃうだけなの。

　私、きっと、親が死ぬ前に発していた電波みたいなものを一回理解したのが原因なんじゃないかな、と思うんだ。だから死のうとしている人がちょっと前に発しているものがわかるんだと思う。

　で、痛ましいニュースを見たり、その死んだ人の服の色なんかがちらっとインターネットに載っていたりすると、感情移入するわけではなく、いつも思い出すの。生きている母が朝着ていた服と死んだ母の着ていた服は全く違わないのに、なんで中身は朝と晩ではすっかり違ってしまったんだろうって。だから私はそのことに興味もあるんだと自分で思う。」

「なに、その気味悪い話。私の言ったことになにかつながるの？」

　田中さんは当惑した顔で言った。

水野さんの美しい顔も曇っていた。

「ああ、だから、美紗子がそんなふうになってもいやだし……ならないと思うけど。それに、私も自殺なんてしないけど、うーん、何が言いたいんだろう。日本って毎日のように人が電車に飛び込むでしょ、そんなのおかしいよって思うの。」

私は何が何でもその話を続けた。

「それはわかるわ。私もそう思うもの。私たちもそんなこと願ってないし。」

水野さんが言った。そして続けた。

「そういうのを少しでも減らすために、私たちが対話して誤解がとけることを今、願ってるの。モヤモヤを晴らしたくて。」

「確かに、世の中おかしいよね。しつこいようだけど、私はお母さんがいなくなってしまってから、私のお母さんは自殺じゃなくて病気だったけど、自殺する人に、その命うちのお母さんにちょうだいって、思うようになったもん。」

田中さんは言った。田中さんはさっきよりもずっといい顔をしていた。きっとお母さんと田中さんの顔は似ていたんだな、と思った。詩のもたらしたきれいな空気が私と田中さんを一瞬ふっと同じ場所に連れていった、そんな気がした。

お母さんのいない子の高原みたいなところ。

そんな子同士が手をつないで、空を見上げる、そんな感じ。

人類であるかぎり、その人と私にとって同じになれる場所は必ずある。

「まあ、私たちは今四年でひまだし、就職のストレスもあるし、簡単に言うと先行き安泰そうで身軽そうな佐川さんをねたんでるんだけど、そんなに殺したいほど深いものじゃないよ。田中さんとあなたの共通点もわかったし、少しモヤモヤは晴れたわ。」

水野さんはしめくくるかのように言った。

「もしも、あなたたちにないものを私が持っているとして、それをどんな思いで得たかを少しだけ想像してみてくれるとありがたいんだけれど。」

私は言った。

「そんなの興味ないよ、私、自分のことで頭がいっぱいだし、やっぱり人生楽しいもの。」

水野さんは言った。少しもギラッとしていない普通の感じで言ったから、私はそのいさぎよさに好感さえ持った。

「佐川さんのことだって、言ってるだけでほんとうにおやつみたいなものだよ。美紗子が大げさに言ってまわってるだけ。安心して。やっかいなことになったなと思って直接話しに来ただけよ。ただ、しゃべってみてよかったなと思う。」

「安心なんてできないよ。人間って怖いもの。」

私は笑った。ふたりも笑った。

意外にいやなものは残っていなかった。

「率直なコミュニケーションからは学ぶべきものがある。」

私は言った。

「私も、意外に楽しい会話ができるってことがわかった。理解できない人相手でも。あなたと話すと世界が違いすぎてなんかテンポがずれるわ。なんだか調子が狂っちゃった。もしかして、私がむかっときてたのは美紗子のほうかもしれないとさえ、今となっては思う。相手によってころころ言うことが変わるんだもの。じゃあね、ごめんね、ひとりのいい時間をじゃまして。」

水野さんはあいかわらずちょっと意地悪をちりばめた感じでそう言って、田中さんを連れて去っていった。

彼女たちが住んでいる意地悪ごっこの畑の野菜になりに。

たまにそのごっこは弱い人を殺すことがあるんだ、と私は思う。弱い人は人を殺す代わりに自分を殺してしまうのだ。そしてたとえ本人はだれかを間接的に殺したことを知らなかったとしても、生きているかぎり無意識の世界で一生背負っていくことになる。

私は今になって、母を好きになりすぎたあの男はともかくとして、母にちょっかいをだしていじめていたあの人たちがどんな人生を送っているかと思うと、暗澹(あんたん)とした気持ちになる。どんな重さをいつも負っているんだろう、と。すっかり忘れていても、楽しく過ごしていても、もやのようにあの人たちをきっと覆っているなにかのことを思うとぞっとする。

それでも空や星や太陽はきっと、そんな私たちのだれもを等しく照らしている、そう思えた。私が許さなくても世界は彼女たちを許している。

詩のぬくもりがまだ私を包んでいた。

ふたりは私が詩の力を使ったことを知るまい。

そう思って自己満足にひたる。

私が生きているかぎり、嵯峨と同じで人の目についてしまう。

私の発している異様な経歴の光はなめくじみたいに跡を残す。はじめは自意識過剰なのかと思っていたが、そうでないことが年々わかってくる。個性的だとか、人と違っているとか、いい言い方をしながら人々は私や嵯峨をさりげなくつるしあげる。嵯峨はそんなとき施設にいると言うと相手がひいていくと言う。それで納得して落ち着くんだと。私の場合はこのちょっと目だつルックスとみすぼらしい服装と奇妙に深みのある気配という最高にまずい組み合わせのものを発散しながら普通に女子学生にまぎれているから、いっそうやりにくいのだろう。

お腹が重かった。きっともうすぐ生理がやってくるのだ、とわかった。……ということはまた赤ちゃんはやってきていない。舞台をがんばろうと決心しただけに、少しだけ安心して、少し物悲しくなる。大きな変化はまだ来ないのか。

私は今月も峡谷をのぞきこみながら、いつもの風景を見続けることになる。

「たまに『エローテカフェ』のことを思うの。私、あそこに行きたい。あそこに行くためなら、がんばってセドナに行ける気がしてきた。」

私は言った。

嵯峨は目を丸くした。

「どうしたんだ、急に。しかも食べ物の話？　まるでまこちゃんじゃないみたい。なにかに取り憑かれたのか？」

「取り憑かれたんだとしたら『エローテカフェ』のエローテの味に取り憑かれたんだと思う。あのさわやかな味を思い出すと、いつだって胸が痛くなるもの。」

私は言った。

それはとあるホテルにくっついている、名前こそカフェなのだが立派なレストランだった。セドナのような田舎町で唯一行列のできる店で、夕方五時の開店に間に合うには四時くらいから並んでいなくてはいけない。

西日がきれいに入り、そんなにも人が並んでいるのにテーブルの間には広々と間をとっているダイニングルームは、メキシコ風の重厚なインテリアで清潔感があふれている。

店の人たちは忙しいけれどせかせかしていない。ちゃんと働いて笑顔で接客し、なによりも店を誇りに思っている。

そしていくら人が並んでいても、決して帰りをせかしたりしない。

今日がだれもにとってたった一日しかない祝祭の日だということを知り抜いているかのような大らかなふるまいなのだった。

私たちはあまりお金がなかったからめったにそこに行けなかったけれど、お誕生日や記念日には朝から並ぶ気まんまんで楽しい気持ちで過ごしたのを覚えている。特別な日に行く決して裏切られないレストランだった。

みんながいらいらしないで、ただわくわくして外に並んでいる様子も好きだった。もうすぐあの窓の大きい美しいダイニングに入って、堅い木でできた大きなテーブルについて、心のこもったサービスを受けて、ていねいに作られたおいしいものを食べて、暮れなずむ世界の光にさらされたきれいな山と空を見る、そんなわくわくした雰囲気が常に魔法のように満ちていた。

シェフは大きな背と大きな手のハンサムな人で、行くたびに顔を出してくれた。そして風変わりな日本人家族にとても優しくしてくれた。

そこの名物メニューはエローテというトウモロコシを使った前菜で、マヨネーズやライム、チリ、チキンスープなどが複雑にからみあった味をしていて、ほんのり温かかった。

　全ての味が官能的にそれぞれを活かしあい、気が遠くなるくらいおいしかった。食べても食べても深くなっていく、不思議な魅力に満ちていた。場所やサービスとあいまって、そこには魔法が生まれていた。

　私たちの思い出の中でももっとも幸せで温かい夜を、「エローテカフェ」はくれたんだと思っている。

「僕は『エローテカフェ』もすごく好きだけど、よく朝ご飯を食べに行った、気楽だった『オーククリークインディアンカフェ』に行きたい。すごく不幸な気持ちのときは、よくあそこのことを考えるんだ。あそこのいい空気の中でなにかを飲みたいなって。それみたいな感じ？」

「そうそう。もちろん私もあのお店が大好きよ。この世の中で知っているカフェの中でもいちばん好き。あのすばらしいコーヒーの香りと、おいしいスムージーやシンプルな朝ご飯と、売店で売っている野菜やすばらしい食材。」

　そこの棚には私たちが大好きだった松の実のクリームも売っていたっけ。

　あるとき、嵯峨のお母さんがクリームを手にたっぷり塗ったら、となりの席の人が、

「なんていい匂いなんだ、松の実のクリームだね。その匂いをかぐと幸せになる……ありがとう。」

と言ったことがあった。

その人の佇(たたず)まいはさわやかで、目はきらきら輝いていた。見知らぬ外国人たちである私たちに、一生残る小さな幸せの思い出をくれた青年だった。あのお店にもそういう奇跡のかけらがいたるところに飛び回っていた。

カフェの中は常においしいものが焼けるいい匂いがしていて、働いている人たちが幸せそうで、新鮮な材料ばかりが売っていて……「エローテカフェ」のクックブックも売っていたから、きっとおいしいお店同士関係があるんだねと大人たちは言い合っていた。あまりにもしょっちゅう行っていたから意識していなかったけれど、母も嵯峨のお母さんも高松さんも、あそこに行くときは少しはしゃいで見えたように思う。大人たちがいちばん好きだったところ。私たちはまだ子どもだからコーヒーを飲まなかったけれど、今だったらきっと深い幸せを感じるだろう。

「あの暮らしにはほんとうに、いいこともいっぱいあったんだよね。」

嵯峨はそう言った。

嵯峨が素直な笑顔でそう言うのは初めてだったので、私は内心びっくりした。

でもそうっとしておきたくて、その笑顔をそのまま味わいたくて、知らない顔をして、うなずいた。そして言った。

「そうなの。ひどいことの陰に隠れていたいいことが、ひとつひとつ、傷が薄くなるほどに浮かび上がってきて、わかってきた。大人になったら。ねえ、だからみんなこの目で記録しておいてよかった。私は生まれてきてよかった。高松さんやお母さんたちのことを覚えていられてよかった。」

嵯峨は小さくうなずいた。

「今のも、立派な祈りだと思うな。思い出だって、祈りのうちだよ。覚えてる人がだれもいなくなっても、宇宙にぽかんと浮いて残るんだ。」

こんなにでこぼこで、頭でっかちで、生きるのが下手で、どんなにがんばっても的外れな私たちが生きていることが、空間に刻まれている。恥ずかしいような誇らしいような気持ちを抱いて、たまにはそう思ってみる。全部がなんてことない、よくあることだと。いつまでも引きずっていて恥ずかしいくらいさ、と。


「教授、今月は妊娠してませんでした。」

私は研究室をノックしてドアをあけてすぐ言った。

「なんだよ、僕が妊娠させようとしてるみたいじゃないか、驚かせないでくれ。」

末長教授は吹き出して言った。手元にはやはり本。今日はフランス在住のロシア人名ピアニスト、アファナシエフの風変わりな内容の詩集だった。このあいだ貸してもらったから内容を知っていた。彼は好きな詩集を何回も、暗記するほど読む。そして授業中にそらんじてみせる。

「しばらくお話してから言い出すのは恥ずかしいから、いきなり言ってみたんです。」

私は言った。悲しくて悲しくて、まるでお葬式の後のような気分だった。昨日までお腹にいると思っていっしょに暮らしているつもりだった赤ちゃんと、今月も会えなかったのだから。涙が出てきて、声も震えた。

「すごく残念です。」

「まあ、座りなさい。」

末長教授はポットから紅茶をついで、私の前に置いた。

カップにはかわいいコヨーテの絵。なんて平和なんだろう、と私は思った。本に関わる人特有の平和さは、いつも私に見たことのない父をイメージさせた。おっとりした母とおっとりした恋をしてまっすぐ結婚して、私をもうけた。赤ちゃんの私にほほを寄せる父の写真を見ると、いつも涙が出てくる。

「私のお芝居を見て、春にかかるお芝居で一度準主役をやってみないかと言ってくださった先生の大学時代からのお友達に、私でよかったらやってみたい、とお伝えいただけますか？」

「え、やる気になった？　きっと彼らは喜ぶよ。」

末長教授は言った。

「やると決めたら、ちゃんとやります。学校を休んでも、バイトができなくても、妊娠しても。」

私は言った。

「いちおう詩を愛する大人たちが本気でやっている劇団だし、固定ファンもいるくらいだから甘くない部分もあるけど、それからいきなりよそから来て準主役っていうのは、今、水野くんたちがあれこれ言って回っているみたいに多少はやっぱりねたまれると思うけど、それでもいいと思う。みんな歳を取ってきたから、若い人が必要なんだ。実際に主役は僕の同級生だけれど、準主役を君がやるほかに、友だちの息子や孫も登場している。外部からの客演に対してとても開かれた劇団だと思う。ほとんど持ち出しだが少しはギャラも出るし、みんな詩が好きだし、ネイティブアメリカンの世界観に強くひきつけられている人たちではあるけど、決して狂信的ではない雰囲気だ。やってみるときっといい。君はそういうルーツを持っているんだし、なによりも舞台にいるとき、普段のようではない。とても堂々と大きく見えるから。」

末長教授は嬉しそうに言った。

「私も、そこがいやだったんです、目だつのが。人間の怖さをいやというほど知っているから。でも、やってみようと思います。私はそんなにきれいなわけではない。私程度のルックスの人はたくさんいます。でも、私の持っているムードは確かに少し変わっています。それがもしも活きるのなら。人の役に立つなら。」

私は言った。

「私は、なにをやるにも中途半端で、いつも考えてばかりで少しも理想には近づけず、恋人のいい奥さんや子どものいいお母さんになるくらいしかできないと思うんです。それしか向いていることはないんです。

彼はほんとうのパン職人になれる人だし、妥協なく畑もできる。私はお母さんゆずりで、なんにもできないんです。うじうじ悩んでいるばっかりで。でも、だからといってなにもしないのは、きっといつか嵯峨の足をひっぱるから。私がこうしてなにか他のことをしないと、彼にとって私は重すぎるように思うんです。」

「よくいっしょにいるのを見かけるけど、あの彼の名前は嵯峨っていうの？」

教授はお父さんみたいな優しい目をしてそう言った。

人の口から彼の名前が出ると、いつも甘く誇らしい気持ちになる。

「そうです。」

私は言った。

「君たちは、いいカップルだよ。そう思う。昨今、こんな感じの話を聞かないから。僕は応援する。僕だってよく言われる。特定の時代の影響を受けすぎてる、現代に生きろって。でも、君たちのバックグラウンドは誇るべきものだし、影響を受けてしかるべきものだと思うんだ。このまま、まっすぐに生きてほしい。そのことが僕をも励ますのだから。」

教授は言った。たくさんの本に囲まれて。

「はい。」

私は微笑んだ。

趣味が同じだからだけではない、生き方のようなものをわかちあう仲間なのだとしたら、それが理解できない人たちになにか思われてもしかたない。だいじなのははっきりさせておくことだった。私はだれかが男の子を紹介してくれると言っても、あいまいな返事はしない。たとえそれが嵯峨がパン作りの修業かなにかで何年間か留守にしているときで、気が狂うほど淋しい時期だとしたって。

嵯峨以外のだれかと過ごしたいとは思わない。たとえ日曜日の午後、窓辺で一日中泣いているような状態でも。

私はそのことをはっきりと言うだろう。興味がないんです、時間がもったいないんです。そんなふうに。それが現代の迷える人々を多少傷つけるとしても、その人たちにこれまで何回か経験したように、ブスとか貧乏とかののしられたとしても。

「どうしてそんなに急いで子どもを欲しがるの？」

末長教授は言った。

「もしかしたら、死んじゃったお母さんとか、育ての親たちが生まれ変わってきてほしいってどこかで思ってるのかもしれないです。」

私は言った。

「君の生い立ちについては、前に少し聞いたけれど……。僕は、親御さんたちの生まれ変わりなんて、産まなくていいと思う。」

末長教授は言った。

「それで悼みが完成するみたいな気持ちはわかるし、それを人生の中心に据えてこれまで生きてきたんだから、もうそろそろ過去は忘れて自分の道を歩みなさいなんて野暮なことは言わない。静かに家族を悼んでいく人生だってもちろんあっていいと僕は思う。でも、生きているからには、なにか新しいものを見たほうがやっぱり面白い。赤ん坊は、まっさらだ。たとえ親御さんたちの生まれ変わりだとしたって、同じところにホクロがあったり、傷があったりしたって、やっぱりまっさらから始めるのが、赤ん坊っていうものなんだ。

うちの妻は二回流産して、一回は臨月まで行ったんだけれど、死産だった。確かに、そのときの赤ちゃんと同じところに、今の子どもにはあざがあるんだ。でも、だからって僕たちはあのときの涙を今の育児に重ね合わせたりしない。実際、重ね合わせてるひまがないんだ。

そして、きっと、子どもができたら、過去をもっと大きないい意味でよみがえらせることができる。大人がいて、自分たちが子どもで、自分たちを見てみんなが笑顔だった頃のことが、全く違わずにしかし新しい形で再現されるんだ。

　君の人生に起きたことは確かに悲惨だったかもしれない。しかし、君はとても愛されて育った人だ。そんじょそこらの人たちよりもずっと深い愛を親御さんたちからもらっている。だからこそちゃんと考えることも苦しむこともできるんじゃないだろうか？

　そして君は、君の恋人のことを運命的に切り離せない、たとえばひとつのさやに入ったピーナッツみたいな、どうにもしかたないもののように思っているのかもしれないが、もしもほんとうにその人が相性の悪い人だったら、とっくにもういっしょにいないと、大人の僕は思う。

　ほんとうに気が合う人と、うんと小さい頃に出会い、たまたま大きなものを……いいものも、悪いものも共有してしまった。それは決して悪いことではない。むしろ、希有(けう)な宝だと思うんだ。

　もう、これまでの物語を忘れて、今の自分たちの物語を普通に営んでいいと思う。もちろん、墓守として愛した人たちを悼みながら。

　多分、君たちは今の自分たちの物語に比べて、あまりにも強烈な、どこに出してもだれに聞かせても大きく心が動くような過去の物語を背負っているから、自分たちの若いささやかな物語に自信が持てなくなってしまっているんだろう。でも、小さい声で語られる物語だっていいじゃないか。それが君たちの持っているものなら。やがて過去の物語と、今の物語はひとつになるかもしれない。それが人生だし、そうやって創っていくものだし、予測はつかないけれど、ベストはつくせる。」

　彼の言葉を聞いているうちに私の目からは涙がこぼれていた。

　そして私の足は床をぎゅっと踏みしめていた。

「嵯峨も、よく同じことを言うんです。でも、今まではなにを言いたいのかぴんと来なかった。今、初めてほんとうに理解しました。過去は過去だということを。そして、単純に過去の上に今があるのではないということを。もっと、立体的な……鳥が俯瞰（ふかん）するみたいな、そんな気持ちでした。」

　私は言った。

　ほんとうに、それを聞いたとき、小さいときからの私と嵯峨がいたいろいろな場面が、美しい地図を上から眺めるようにすうっと開けて見えたのだ。はじめからふたりしかいなかったからそれは小さいし盛り上がらない話だけれど、淡々としているけれど、私たちだけの物語なのだ。

　親たちを含めて、人と比べなくていい。

　まるでとんびが近くにすっと降りてきてまた天高く上っていくときに地上の様子を見

るように、私は私たちを見て、そしてまた高いところに気持ちを泳がせた。

「先生、ありがとうございます。」

「学校の先生というものは、ばかにできないんだよ。」

末長教授は笑った。

「考えてばかりいるんだから。考えるのが仕事なんだから。それを若い人に伝えていくだけが、自分の考えたことを役立てる方法なんだから。」

言葉だけではなかった。

その姿の全体が、声のトーンが、午後の研究室にあふれる光が、全部が話してくれているようだった。私は間違ってない、でも、少しだけものごとを見る角度を変えてみても、ゆるめてみてもいいと。

まだ私が故郷と本気では感じられていない日本が、私を受け入れてくれたようにさえ思えた。

そして久しぶりに私は実感として思いだしたのだ。

私は、実はまだ若いんだ。

親たちが死んだくらいの年齢の気分をずっと背負っていたけれど、そうではない。

そのふるまいが私の生き方に奇妙な深みや味を与えていたことは否めない。

しかし、私の肉体はまだ若いのだ。親たちの年齢を生きる必要はない。

「あのね、君は淋しいんだよ。佐川さん、とても淋しくて、嵯峨くんだけでは足りないんだ。淋しくて淋しくてしかたがないんだ。そのやり場のない気持ちが赤ちゃんを熱望させてるんだ。」

末長教授はまっすぐに私の目を見て言った。

「そのことをわかって。佐川さんはわかってない。自分が会いたい人たちを失ってどんなにか淋しく思っているか。きっとすばらしい人たちだったんだろう。いっしょにいたら一瞬も退屈しないような人たちだったんだろう。だから、君はほんとうに淋しいんだ。同じように淋しい嵯峨くんといても、彼は男だからもっと違う形でそれを抱えているんだろう。だからこそすごくひとりぼっちな気持ちなんだと思う。淋しいのは、悪いことじゃない。全然悪くない。もう少しして、僕かもっと上くらいの年齢になったら、みんながだれかを失ってもっと君の気持ちがわかるようになっている。それまで淋しいままだって別にいいんだ。その淋しさが君の演技や生き方にすばらしい陰影を与えているんだから。生きてさえいれば、そんなにもすばらしい人たちと暮らせた、楽しすぎるくらい楽しかった希有な体験を、いつかただ感謝するだけになる日が来る。」

そうか、そうだったのか、と私は思った。打ちのめされるほどに納得した。

そう、私は嵯峨がいても、気が狂うほど心細くて淋しかった。ずっと。

その夜、いつもの夢を見た。

今まで通りの恐ろしい始まり方で、私はどうしてもカチナロックから先に進んでいく一群を止めることができない。

道を進むにしたがって、しだいに雲が重くたれこめてくる。

ああ、いつものことになってしまう、と私は絶望する。

私はあせり、叫び、目の前が暗くなり、いつもと全く同じようにのたうちまわり、彼らを追いかけていく。

苦しみの中では常に、あのきれいな白い花も美しい羽音を響かせるたくさんのかわいい蜂たちも良きものとして目に入ることはない。そしてどこかでもうわかっている。みんなもうとっくに死んでしまっていて、どんなに泣いてもあせっても取り戻すことはできないんだ。

干上がった川も、灰色の雲が重なった空も、ただ絶望を映すだけだ。

私はいつのまにか人間の姿になって、地面に降り立っていた。

手を見たが、透き通っていた。

私は幽霊みたいに透けていた。なのに確かに大地の感触を感じていた。足も見えないし、どんな服を着ているのかもわからない。

でも私は私の表現したいことをした。顔に両手の平をあてて、泣きながらうずくまったのだった。涙だけはほんもので、乾いた茶色い大地をぽつぽつと雨のように私の涙が濡らした。それは血ではなく透明な涙だった。濡れたところだけ土がもっと赤くなり、私はここにいる、確かにいるんだという気持ちになった。

泣きやんだとき、世界は静かだった。

青空を白い雲が渡っていった。

そして涸れ果てていた川は水に満ちていた。水は勢い良く流れ、魔法のように枯れた草や土をどんどん潤していった。

驚いてぽかんとしたまま、川にそって私は歩いていった。

まるで夢から覚めた人のように、ぼんやりとしたままで。

水音が柔らかく空間に響き、心なしか切り立った峡谷も少し光を多くまとっているように感じられた。

私は歩きながら、たどりつきたくないと思っていた。死体のあるところ、間に合わないあの場所には、着かなくていいと。

やがて崖がいっそう近くなり、自分がいっそう小さく思えてきた。

私はおそるおそる、最後の坂を登った。

そして拍子抜けしてしまった。

他の人たちは見当たらず、そこには高松さんと嵯峨のお母さんと母だけがいた。

母は裸足で踊っていた。音楽をかける装置はなにもなかったけれど、私の耳には母が踊っている曲が聞こえていた。名も知らない弦楽器の不思議な美しい音色。

高松さんと嵯峨のお母さんは、昔の姿のままにきれいなピクニックシートをしいてそこに寝転んで、ワインを飲みチーズを食べながら会話していた。

私はあっけにとられて、三人に近づいていった。

三人はいっせいに透明な私に気づいて、顔を上げた。

「ああ、まこちゃん。」

「どうしたの？　まこちゃん、そんな顔して。」

高松さんと嵯峨のお母さんは言った。

母は踊りをすっとやめて、私を見た。

若いときのままの母は美しかった。その裸足の足は、死んでいなかった。ロングスカートのすそから見える爪は桜色、血管はきれいなブルー。大地をふみしめて、すっくと立っていた。

「嵯峨は？」

母は私を見てそう言って、ゆっくりと笑顔になった。

私は走っていって、三人に、私が見える？と聞いた。

三人は口々に、なにを言ってるの？と言った。見えるよ、見えてるって。

そして私の頭や肩に、子どもに触るように触った。

私は母の首に抱きついた。母の首は甘い匂いがした。

私はわんわん泣いて、母は私をぎゅっと抱いた。

後のふたりは私の背中や頭をひたすらに、まるで悪霊を祓うかのようにいっしょうけんめいになでながら、くりかえし言った。

「悪い夢だったんだよ、なにもかも、悪い夢だった。もう大丈夫、安心して。」

「会いたかった、会いたかった。」

会話になっていないとわかっていながら、私の口からはその言葉しか出てこなかった。

ありがとうも、恨んでるも、苦しいもなく、ただ、私はそう言い続けて泣いた。


目を開けると、闇の中に二個のダイヤモンドが光っていた。嵯峨の目だ。

「今、違う夢見たろ？」

嵯峨は言った。

「夢を変えたろ？」

「どうしてわかるの？」

私は言った。涙をだらだらと流しながら。

「わかるんだ、気配でわかったんだ。」

夢が変わったろ、とは彼は言わなかった。そこが嵯峨のすごいところだった。私はほれぼれして、嵯峨を見つめた。心臓が止まりそうなくらいどきどきしていた。

嵯峨は私を抱きしめて、優しく揺さぶった。まるで夢の中に出てきた人々が私にしたかのように。

「ママが死んだ家の床や、嵯峨のお母さんと高松さんが死んだ病室にも挨拶をしに行こう。あんなこと受け止めてくれて申し訳ないって言いに。」

私は目を見開いたまま言った。夢のしっぽを逃がさないように、みんなのぬくもりや匂いを忘れないように。

「やっぱり、そうしよう。私、もっとお金ためるわ。」

「必要ないよ、僕がためているから。」

嵯峨は言った。

「私たち、もう、ボイントンキャニオンにも行けるかしら?」

私は言った。

「その必要はないかもしれない。行ってから考えよう。僕たちは自由で、そして……まだ若いんだ。」

「ハネムーンベイビーができるかしら。」

私は微笑んだ。

「ハネムーンなのかな？」

嵯峨は笑った。

「私たちが、生まれて初めて、自分たちの楽しみのためだけに、旅をするんだもん。ハネムーンみたいなものよ。」

私は言った。

言っているうちに、また驚くほどの涙が出てきた。

「私たち、自分たちの楽しみのためだけにしてることは、この間も話したけれど、やっぱり紅茶を飲むことだけじゃない？　そんなのおかしい。」

そして悟った。私が取り憑かれていたのは、ボイントンキャニオンの悪霊たちでもなく、親たちの霊にでもない。

あの日に見た、死んだ母の足だ。

足しか見られなかったことで、無力感がいっそうつのった。

あのとき、部屋に踏み込んで母の顔を見られなかったことで、私はずっと子ども時代にとらわれていたのだ。

生きている母と死んだ母をつなぐものがあの足しかなかったから、はっきりしなかったのだ。

それを言ったら、嵯峨はきっと事細かに自分が見た嵯峨のお母さんの首つりの話をしてくれるということはわかっていたので、私は黙っていた。

嵯峨に言わないことが増えるぶん、嵯峨への愛がどんどんたまっていく気がした。ぽたぽたたれるきれいな水が瓶にいっぱいになっていくみたいに。

こういう愛もあるんだろう、それしか生きる道がないのだから、受け入れたい。

いつかはあんなふうに床か大地に横たわるだろう嵯峨の二本の足の奇妙な白さやすね毛をじっと眺めながら、私はそう思っていた。

男の体、あちこちがごつごつしていて毛が多い、私と違う生き物の足。

ずっと見ていたし、これからも見ていたい。

私は嵯峨の足首を持って、すねに顔を埋めた。愛おしいものにひざまずくように、そっとほほを寄せて、その温かさや骨のごつごつした感触に頭をあずけ、口づけをした。

骨も血管も毛根もみんな生きていた。私のものではないから、いつか触れなくなってしまうかもしれない。いつかはあんなふうに完全に死ぬだろう。でも今ははっきりと生きていて、触ることが許されていて、温かい。

よかった、と私は思った。

この時間こそが私が確かに持っているものだ。だれにも奪うことはできない。

本番の日は、あっけなくやってきた。

学校中が祭りの雰囲気に包まれ、あれよあれよと本番の時間になった。

美術のセットを作った人たちの顔にも緊張が走っていた。照明と音響はプロの人が来てくれている。入念な打ち合わせにも参加した。それらを見て私は少し緊張するが、それはほんの一瞬のことだ。

大講堂全体を見回したとき、舞台とは海を分けて進んでいく船のようだと感じる。そして私は舳先にいる、そう思う。まるでお守りのマーメイド像みたいに、私が落ち着いて一呼吸すると、それがスタッフや共演者全員に広がって、ひとつの風が生まれる。この気持ちを私は昔から「大きい気持ち」と呼んでいる。日常の中でもたまになる気持ちだった。全てが等しくよく見えて、時間が止まったようになる。練習して私はいつでも大きい気持ちになれるようになった。舞台の上では特にそうなることが大切なのだ。そうすると上のほうにあるもっと大きい気持ちに触れることができる。それに触れることと、それを声に含めてまわりの人に分けることが大切なことだった。

私はそれをまた空の上から眺めるように、この舞台全体の色に身を染める。

そこからは、流れるように、ただあっという間に進んでいった。

気づいたら私は最後の詩を大きな声で朗々と詠みあげていた。

美紗子の手を力強く取りながら。

そんな大胆なことが、舞台の上では道筋ができているかのように堂々とできてしまう。

その自分をもうひとりの自分が見ている。

セットは砂漠と小屋と山々だった。まるでほんとうに外にいるみたいな青空が幕に描かれている。みんなの努力の結晶はあまりにも美しい造形をしていた。

そしてやはり美紗子のたたずまいには一点の曇りもなかった。

私は美紗子を信じている、と思ったら、美紗子はそれが通じたかのように私を見上げてにっこりと微笑んだ。きれいな目、きれいな眉毛の形だった。

客席は真っ暗だけれど、目のくらむようなライトの下に立つ私の目の前は、たくさんの人の気配にあふれていた。

私はここに立つのが好きだと改めて思った。

これまでに十回くらいしか本番を経験していないが、リハーサルのときは内へ内へと向かう心が本番で観客を前にすると突然に広がるのがわかる。まるで砂漠や空や海に向かっているように、大きな宇宙と向き合っている感じがする。

私の小さな体とかすかな声は、なぜかそこで大きいものになり、時を超えて神様と舞台上の仲間と客席の人々、そして亡くなった私の愛する人たち、その全てに一度に私の悲しみ、優しさ、苦しみを、そしてなによりも感謝を描き伝えることができる。祈りとは違うやり方で。

個別でない分、より大きなものを伝え、大きな虹を描けるように思えた。

きっとナスカの大地に絵を描いた人たちは、こういう気持ちだったんだと思う。

「神は世界を滅ぼすことが好きだ
好きだ　好きだ　好きなのだ　アーイ　神よ

それを鳥たちが気づいた時　うたい始める　うたい始める
そして　神がそれを聞いた時　鳥たちが哀れになって
ふたたびもとのままにする
ふたたびもとのままにする

アーイ　できないのだ　滅ぼすことなどできないのだ　鳥たちによって」

末長教授は私をじっと見つめていた。となりにはきれいな奥さんと丸々した赤ちゃんがいた。赤ちゃんの目は真っ黒く透明だった。

そして嵯峨もいた。彼のことはすぐに見つけられる。

嵯峨は少し恥ずかしそうに私を見ていた。でもその目の中にはなにもかもがあった。

あそこに映っているのは私だ、と私は思った。

いや、違う。

ふいにその答えは降ってきた。

きっと私の目に映るものの全ても私の一部なのだ。

死んだのも私、生き残ったのも私。

演じているのも、私。

舞台の上の強い光でよく見えなかった客席が、最後の音楽と共に少しずつ明るくなっていくにつれ、私はそんな確信に満ちていった。


「別の人のようで、少し胸が痛んだ。」

舞台裏の廊下で待っていた嵯峨は、私に小さなスターチスの花束を渡してそう言った。

最高のほめ言葉だと思った。私は濃いメイクのままで、微笑んだ。

「これから、着替えてメイクを落として、みんなで反省会をするの。夜十時くらいには家に帰るから、そこで会える？」

嵯峨はうなずいた。

嵯峨がゆっくりうなずくときの首の角度にはいつもほれぼれする。

私がじっとそれを見ていたら、嵯峨も私を見つめかえした。

「これが終わったから、旅行に行けるね。」

私は言った。

「今日、休みの届けを出した。」

嵯峨は言った。

「いよいよね。明日からほんとうに手配を始めましょう。」

私は言った。

嵯峨は黙って私の手の甲を触った。私は両手で嵯峨の手を包んだ。夜会えるまでぶじであるように、寒くならないように、心細くならないように。

小さい頃と同じ思いを込めて。

この私たちの手は、そう遠くない未来にきっと、私たちが作ったもうひとりの人間をそうやって同じ思いで触るようになるだろう。でも、万が一それが叶わなくても、私たちは確かにここにいるのだ。

美紗子は着替えのための楽屋にしていた教室に入る前に、私をぎゅっと抱きしめた。

今日で美紗子が妹である日々も終わる、と私はしみじみ思った。

この切なさがまたいいのだ。安心して切なくなれるから。

西日の射す窓辺で、私は幸せだった。

幸せになってもいいのだと、声が聞こえた。そんな気がした。

見上げたら、空高く飛ぶとんびがいた。

あ、嵯峨のお母さん。

私にまで会いに来てくれてありがとう、そう思った。

幸せってなんだか私にもまだよくわかりません。

でも、私と嵯峨はきっとそれを探し続けるでしょう。

「まこちゃん、先に『はなわ』に行ってるね。」

美紗子が言った。それはこの学校の学生に安くおいしいものを作ってくれる居酒屋の名前だった。反省会をそこでするのだが、ほとんどうまくいったので単なる打ち上げになるだろうとみんなわかっているから、美術の人たちも晴れやかな顔をしておつかれさまの声を私やみんなにかけながら行き交っていた。


着替えを終えて、肌寒い並木道を「はなわ」に急いだ。

そして木々を見上げながら、思った。

この町に来てから、松はずっと見ていてくれた。親たちがいないとか、嵯峨がひねくれているだとか、赤ちゃんが来ないだとか、そんなことで小さくねじれて縮こまっていた私を、ずっとそのよい匂いの葉や実をたたえて、なんの期待もなく批判もせず。

「松たちよ、私は少しだけ目が覚めました。そう思い込んでいるだけでまだ悪い夢の中にいるのかもしれないですが、この町に暮らして少しだけ変わりました。私もいつかあなたたちみたいになりたい。」

　私は小さな声でそう言った。

　木々は秋風に優しく揺れて、ちっぽけな私を見下ろしていた。

　空高くをまだ飛んでいるとんびを私は見つけた。

　みんなが待っていることを知りながらも、私は立ち止まってじっと見つめた。

　嵯峨のお母さん……懐かしいあの面影に、半分泣きながら話しかけてみた。

　そこから先は白昼夢みたいに、イメージがくるくる進んでいくだけだった。実際にあったことなのか、ただかいまみただけの幻だったのか、私にはわからない。


　私は嵯峨のお母さんとどこか平和で静かな場所で並んで座り、こう話しかけていた。

「ずっと前から聞いてみたかったんだけど、どうして嵯峨は嵯峨っていう名前なの？　すごくむつかしい字だし、まるで名字みたい。」

　そう言っている私の心の声は、子どものときのとても高くて細い声だった。

　声が聞こえた。イメージも続いていた。嵯峨のお母さんの優しい眉毛、くりっとした目、器用にパンをこねるごつい指先。少し尖（とが）った鼻のシルエットがかわいらしい横顔。

「あの名前はね、私が青春時代に大好きだったマンガから取ったの。タイトルは忘れてしまった。イズミコっていう不思議な女性が主人公のマンガよ。私、よく学校の屋上で空を見ながらそれを読んでたの。私にもそんな頃があったのよ。そこにはね、まこちゃん、長い時間を生きてきた不思議な一族と、十一歳なのに果てしないエネルギーを持つ不思議なつり目の男の子が出てくるの。彼は自分の力を持て余して、世界中の美しい景色の中をひたすら歩き続ける。きっとしたまなざしで、だれにも頼らずに。そしてすごく歳上の黒髪の女性とすばらしい恋をする。そしてね、その子の名前が嵯峨っていうの。そこから取ったんだ。あんなふうに、なんにも言わなくても自分のことをできる無口で賢い、かっこいい子になってほしくてね。まだ子どもを持つなんて思ってなかった私が、息子ができたらこの名前にしようっていうのだけは決めていたんだ。そしてね、とても幸せだった。そして実際そうしたの。叶ったとき、不思議な感じがしたよ。」

嵯峨のお母さんは言い終えると私のほうを見て、にっこりと笑った。

そこではっと目が覚めた。

私は変わらず松の木を見上げて並木道に立っていて、あたりにはだれもいなかった。空気はもううっすら夜の匂い。とんびもどこかに飛んでいってしまって見当たらなかった。

これからお芝居の打ち上げに行って、良い時間を共有した人たちとお酒を飲もう。そして夜になったら、私は部屋に帰るだろう。

嵯峨が来たら聞いてみよう。もしかしたら嵯峨はお腹が減っているかもしれないから、そうしたらにゅうめんでも作ってあげて、その合間にその名前の由来をたずねよう。

きっと、合っている、さっきの情報はほんものだ、そんな気がした。

全ての情報はここにある、私がそれに気づきさえすれば。

ひとつずつ発見していきたい、自分を生かしながら、そしてできれば新しい家族と共に。すっかり生まれ変わったような気持ちで、私は今私を待っている人々の元に急いだ。

「このにゅうめん、おいしいな。」

嵯峨は言った。

もう夜中の一時になろうとしていたが、嵯峨は私がさっと作ったにゅうめんをほめた。素ではあまりにも気の毒なので、葱(ねぎ)と卵を入れた。だしは袋に入った天然だし、表面に一味唐辛子と鰹節(かつおぶし)の粉を散らしただけのおそまつなものだった。

しかし嵯峨は本気でおいしそうに、あっという間に食べてしまった。

基本的に彼は人の状態に決して引きずられない人で、セラピストに向いていると思うくらいだ。それでもやはり舞台を前に少しだけナーバスになっていた私の圧力が及んでいたのだろう。ほっとした顔をしていた。私はその嵯峨の表情と向き合って、多分自分の顔もゆるんでいるのだろうと知る。まるで鏡のように。

「よかった。」

日本酒を珍しく飲んだので、私のほほはまだ熱かった。

でも、末長教授がみんなにふるまったその高いお酒はとてもおいしかった。もし赤ちゃんがお腹にいたら飲めなかったから、今月はこれでよかったんだ、と私は前向きな気持ちになっていた。

「まこちゃんって、ひそかに料理がうまいんだよな。」

嵯峨は言った。

「このてきとうなにゅうめんをほめられても……ちゃんとしたお料理に関しては、少しはね。だって家にいる大人が全員飲食店で働いていて、自然食志向だったもの。あれだったら、舌が肥えるし味つけや手順も覚えるよ。私、けっこうママの手伝いもしていたし。」

私は言った。

「僕はおふくろの作るパンの手伝い専門だったから。こねるのに力がいるっていつも使われた。」

嵯峨は言った。

「鍛えたかいがあって、今も生きてるね、その力。」

私は言った。

セドナで奮発するときはいつも「エローテカフェ」に通っていたように、たまにサンフランシスコに長いドライブに行くとき、彼らは「シェ・パニース」や「スクール」といった名店に寄った。そして食べた料理を参考にして畑の野菜で簡素なおいしいものを作り合った。そこにはいつも嵯峨のお母さんが焼いたいろいろな種類のすばらしいパンがあった。いつか自分たちで土地を買えたら、パンを焼く窯を庭に作りたいと言っていたっけ。

そうか、たまたま病に倒れただけで、彼らにもしたいことや夢がたっぷりあったのだ、といつもこのことを思うときと同じようにはっとした。

最後が悲惨な感じだったので、どうしてもそれを忘れてしまう。

もしもみんながまだ生きていたら、きっと彼らは離れることはなく助け合って暮らしただろう。私と嵯峨はそこを実家として、あんなふうにざくっと過去を断ち切られるような大人になりかたではなくて、のびのびゆっくり大人になって……。

そんな可能性があったことを私はまた思い描き、あまりの平和さと平凡さ、そして楽しそうな雰囲気に涙が出てきた。

「ああいう料理ってなんていうの？　野菜が中心で、カリフォルニア的な……日本にいて日常的にそういうものを食べてきた人は多分少ないだろうから、お店をやったら人気が出るかもしれないね。」

　嵯峨は言った。

「東京だときっと疲れるから、こういう少し外れた田舎町でやりたいね。家賃も安いし。そうしたらそこでは嵯峨のパンを出すの。」

　私は言った。

「そうか、ふたりで店って、ありえなくはないかもな。裏に畑を作って。」

　嵯峨は言った。

「畑の夢も叶うしね。でも、ほんと、お金のためにやるほど稼げそうにないから、予約制か週に三日か。おばさまの夢だったパンの窯も作らなくちゃ。」

　私は言った。

「ほんとうに大人と言える年齢になったら、いくら今の不況の日本とはいえ、そんなに遠くなく実現できるかもな。」

　嵯峨は言った。

「まずはセドナに行かないと。いろんなことをただまっすぐ今の目で見てこなくちゃ。」

　私は微笑んだ。

　窓の外の闇は私たちをじっと見ていた。峡谷のよどみも、もやのようにまだ私たちについてきている。全くクリアになることはきっと一生ないだろう。しかし私がばかみたいに茂らせたハーブたちもこの寒くなりつつある季節にまだまだ勢いを持っていた。闇の中でまるで私を守ってくれるように、その緑は光っていた。家の中の植物たちも静かにざわめきながら同じような光を発していた。

「うん、でもわからないよ。まこちゃんが今度外部の舞台に立ってそれが話題になって、いちやく有名女優になるかもしれない。今日の舞台はとてもよくて、まだ僕は夢の中にいるようだ。あれはほんとうにまこちゃんだったのか、別人ではなかったかと。」

「ありえないよ、そんなの。」

私は笑った。

「でも、そうしたら気がすむまでそれをやって、最後に小さい店をやればいいのか。お金もたまりそうだし。」

嵯峨もそう言いながら私につられて笑った。

「あの教授といっそう親しくなるのは、実にいけすかないけどね。」

「いっしょうけんめいにあんな誠実なお芝居を作った人だっていうのに、そこは全然変わってないのね。今日だってろくに挨拶もしないで、恥ずかしかったんだから。」

私はあきれながら言った。そしてはっとして次の言葉を口にした。

「でも私たち、なんだか初めてちゃんと未来の話をしてるような気がする。いつも、過去のことばっかりだったのに。私たちだけの話って、あんまりしたことがない。あ、そうか、赤ちゃんは未来の話だったから、それで事足りていたのか。」

「いいや、違う。」

　嵯峨は暗い目をして言った。

「今までまこちゃんがしていた赤ん坊の話は、いつも、過去の話だった。昔を取り戻すための話だった。」

「わかっていたの？」

　私は言った。

　末長教授と同じように、嵯峨も私の心の中の暗い部分をちゃんと見抜いていた。でも、末長教授が私たちにすばらしい言葉をかけてくれたことをいくら嵯峨に言っても、ただむっとするだけだと思って、私は黙ったままでいた。

「それでも、赤ちゃんができていいと思ってくれていたの？」

　嵯峨はうなずいた。

「はじめは過去の残像だけでできていた気持ちでも、生きているものはなんだって、自分たちを未来に連れていってくれると思ってた。いや、厳密には未来ですらない、今、今現在にだ。生きているものはみんなそうなんだ。パン酵母だって、植物だって。たまたま僕たちには時間がなくていっしょに暮らす習慣がなかったけれど、きっと鳥だって動物だって生きていたらみんなそういう力を発してるんだろうと思う。そこから影響を受けるに違いない。赤ん坊は常に僕たちを、今に今に連れ戻してくれるだろう。だからそうなってもいいと思ってた。」

「うん。」

私はうなずいた。

嵯峨もいつのまにかお母さんの面影ばかり追いかけて悲しい顔をしている嵯峨ではなくなってきた。大人の顔が、未来の嵯峨のおじさんやおじいさんになったときの顔が少しずつ重なる。

まるでなにかが発酵して姿を変えるように、これまでのものが少しずつなにか違う命に変わっていく。同じメンバー、同じ悲しみ。それなのに、腐ることなくぷちぷちと命の音を発しながら全く違うものに変質して生まれ変わっていく、そんな瞬間を私は深夜の狭いその部屋でマットレスにもたれながら、濃淡の美しい緑の色にぽんやりと囲まれながら、確かに見ていることを実感していた。

「ねえ、嵯峨の名前の由来って、なんだったっけ？　もしかしたら……。」

私はそう声を発した。嵯峨が私をじっと見つめ、私は嵯峨のお母さんの笑顔を思い出しながら、同じように優しく微笑んだ。まるでデジャブを見ているような不思議な気持ちで。

あとがきと謝辞

数年前に、七〇年代やアメリカの田舎の生活をよく知っていて、過去にとてつもなく悲しいことを経験していて、お互いにしがみつきあって生きていくしかない若いカップルの話を書こうと思いました。彼らがしきりに書いてくれと私に訴えてくるように思えたのです。心にあるひとつのシーンはカート・コバーンが亡くなったときの、足だけが見えている悲しい写真でした。

はじめはシャスタ付近を舞台にしようと思い、シャスタやサンフランシスコやバークレーにはりきって取材に行きましたが、どうにもしっくりきませんでした。だからこの物語の場面であるアメリカがどこなのかわからなくなっていたのです。

そんなときにあらいあきさんの『チュウチュウカナッコ』『ヒネヤ2の8』という作品にめぐりあい、そのすばらしさにうたれ、あの時代にあった独特の自由な空気をやはり私も書いておこう、と励まされました。あらいあきさん、荏本朋(えもととも)さん、やりとりをしていただき、ありがとうございました。

主人公が演劇をしていることには、当時私の姉が演劇部だったことも影響しているし、村上春樹さんの訳した『フラニーとズーイ』も関係がある気がします。志村貴子さんの名作『青い花』も女子校での演劇の話でした。そうそう「花子とアン」も！学生時代に演劇で主役をする（プロとしてではなく）ということには魔法みたいな特別ななにかがあるように思います。

おととしの冬、飴屋法水さんの国東半島で行われた「いりくちでくち」という作品を見に行き、感銘を受けました。土地の言いたいことを人間が表現し鎮魂するという手法にも胸うたれました。それについて音楽を創った青葉市子さんと、今年の冬にはじめて出会いました。古い教会の中にたたずむ青葉さんはマスクをしていてとても小さくて、精霊みたいでした。その『0』というアルバムも私にたくさんのインスピレーションを与えてくれました。

シャスタの次の候補として「癒しの地」と思いこんだ状態で訪れたセドナは意外にもとても血なまぐさい場所でした。どうしてそう感じたかわかりません。

アリゾナの透明な空の下でふと思いついて聴いた青葉市子さんの美しい声とギターで演じられる「いきのこり●ぼくら」はあまりにも私の想像のストーリーにぴったりでした。

まるでこの曲を聴いて創った話みたいじゃないか、と言われたらなにも言えないくらい、私の心の中のカップルとこの歌は同じでした。峡谷が出てくるのもいきのこりなのも全くの偶然なのですが、信じてもらえないほうがむしろ自然なくらいのシンクロ率でした。

そしてそのとき、セドナの不吉な空を行く鳥たちを見ながら、私は確かにふたりを残してこの世を去る親たちや置いていかれたふたりぼっちの子どもたちの気持ちになっていたのです。

もしも嵯峨くんが将来ひとりで旅に出るとしたら、ボストンバッグに三日分の服とまこちゃんの写真を入れていくに違いありません。嵯峨くんはずっとまこちゃんに焦がれているのです。しかし、まこちゃんはずっとうじうじ焼きもちを焼いたりとんちんかんなことをぐずぐず考えたりしていくでしょう。この歌を聴くたびに私はこのカップルを思い出すと思います。幸せでいてくれるといいなと祈りながら。

そんなふうに、ここに出てくる人たちは脇役も含め、みんな「鳥たち」なんだと思って、このシンプルなタイトルにしました。

多分この小説は、昭和の偏屈なおばさんから平成の偏屈なおばあさんへと移行していく過程での私が全身で見聞きした「日本が病んで終わっていくことに抗(あらが)う表現を細々と続ける」全ての表現者への「応援そして評論」のようなものなんだと思っています。

最初からいっしょに走ってくれた担当の谷口愛さん、ありがとうございました。谷口さんともあまりにもシンクロニシティが多すぎて、彼女と作るべくしてこの作品は生まれたんだと確信しました。途中まで別の小説を提出しようと思っていたのに、この小説がどうしても谷口さんがいいと訴えかけてきたのです。

いつもすっとしたたたずまいで応援してくれた「すばる」の羽喰涼子さん、ありがとう。名前の通りとてもさわやかなきれいな人で、彼女の笑顔にとても励まされました。

デザインをしてくださった大島依提亜さん、ありがとうございます。彼の作品は全て夢の中で見るきれいな額縁の中にある絵のようです。

イラストのMARUUさん、ありがとうございます。私は気持ちが晴れないと彼女の漫画を読んだり絵を眺めたりブログを読んだりする、それほど、心底から彼女の才能の大ファンなので、とても幸せです。

取材に同行してくれた井野愛実さんと私の家族にもありがとう。あんな血なまぐさい土地だったのに、私たちはずっとおいしいものを食べたり（もちろん作中の「エローテカフェ」や「オーククリークインディアンカフェ」や「スクール」に行き）笑ってばかりいました。

出版までいろいろ手伝ってくれたよしもとばななな事務所のみなさんもありがとうございました。

そしてアリゾナのことをいろいろ取材させてくださった近藤しのぶさん（アトリエ「アリゾナ銀の月」）＆ヒロ・M・モラレスさん、ありがとうございました。あなたたちの直感力あふれる言葉が私に大きな自信をくれました。

作中の詩はすべて『チョンタルの詩　メキシコ・インディオ古謡』（荻田政之助・高野太郎編訳　誠文堂新光社）からの引用です。ずいぶん前にアルゼンチン取材で故高野太郎さんのお店「六本木カンデラリア」に行ったことも懐かしい思い出です。この詩たちのような力のある言葉を綴ることができる作家でありたいです。そして、この本はチョンタルの人々の思いなのか、詩を集めた荻田さんの情熱なのか、高野さんの遺された強い願いなのか、不思議な命を持ってこの人生の中で私の元に何回もやってきました。こんなふうに確かにある本というものの命を、まだまだ大切につないで生きていたいと思っています。

２０１４夏の終わり　よしもとばなな

文庫版あとがき

読み返していて、あまりにもまこちゃんがかわいそうで痛々しくて、親のような気持ちになってしまい、泣きそうになった。

この子たちにはまだ大人が必要なのに、しがみつきあっていろいろなことをなんとか解決してきた。でもまだ精神的には子どもだから、ものすごく凸凹している。

私が小説を書くためにチャネリングしてきたたくさんの人たちの中でも、もっとも気の毒な子たちだという気がする。

彼らの痛みを解決するのは時間だけだ。それから歳をとって少し感性が鈍くなったことにより楽になることしか。

どうか彼らが幸せであるようにと、願うばかりである。

そして私や末長教授、大人たちのそんな願いは、きっと届くだろう。

これは、親御さんを自殺で亡くされた方々に「ありがとう」という言葉をいただいた小説でもある。あの気持ちが再現されてつらかったけれど、読んで救われたと。書いているほうも、とてもつらかった。でも、主人公たちのために一行一行、書き取っていった。救われる人がたったひとりでもいるなら、私は書いていきたい。

担当してくださった集英社の谷口愛さん、羽喰涼子さん、出島みおりさん、ありがとうございました。取材や事務面で協力してくれた吉本ばなな事務所の人たちにも、心からありがとう。セドナにもありがとう。セドナはこわかったけれど、楽しかった。

マルーさん（近年はこの表記だそうです）のすてきな絵を新たなデザインで生まれ変わらせて下さった大島依提亜さん、ありがとうございます。

私の両親が眠るお寺には、ほんとうに二軒の花屋さんがあった。父は生前、いつも地味なほうの花屋さんをひいきにしていた。お姉さんがほんとうに優しくて穏やかで、お墓に行く人たちの心を慰めてくれるような人だったからだ。そのお姉さんはおばあさんになっていたけれど、去年までは確かに同じ笑顔でそこにいらした。しかし、今年、いきなり大手の葬儀会社の関連の花屋さん（良い人たちでしたが）が入り、私が生まれた頃からあった花屋さんは二軒とも撤去されていた。

それに関してなんのお知らせもなく、お礼もお別れも言えなかった。これが現代社会のやり方だ。

あのお姉さんの微笑みに癒された全ての人を敬わずして、どうして死者を敬うことができるのだろう。そんな場所に今、私の先祖は眠っている。こういったことになじめない全ての人に向けて、小さな声で、書き続けたい。

「よしもとばなな」時代の最後のほうを飾ったこの小説を、私はとても好きです。

２０１７夏の終わり　吉本ばなな

本書は、二〇一四年十月、集英社より刊行されました。

初出「すばる」二〇一四年十月号

集英社文庫　目録（日本文学）

森村誠一　終着駅
森村誠一　腐蝕花壇
森村誠一　山の屍
森村誠一　砂の碑銘
森村誠一　悪しき星座
森村誠一　黒い神座
森村誠一　ガラスの恋人
森村誠一　社奴
森村誠一　勇者の証明
森村誠一　復讐の花期 君に白い羽根を返せ
森村誠一　凍土の狩人
諸田玲子　月を吐く
諸田玲子　髭麻呂 王朝捕物控え
諸田玲子　恋縫
諸田玲子　おんな泉岳寺
諸田玲子　狸穴あいあい坂

諸田玲子　炎天の雪(上)(下)
諸田玲子　恋かたみ 狸穴あいあい坂
諸田玲子　四十八人目の忠臣
諸田玲子　心がわり 狸穴あいあい坂
矢口敦子　祈りの朝
矢口敦子　最後の手紙
矢口史靖　小説 ロボジー
薬丸岳　友罪
八坂裕子　幸運の99%は話し方できまる！
安田依央　たぶらかし
安田依央　終活ファッションショー
柳澤桂子　愛をこめ いのち見つめて
柳澤桂子　生命の不思議
柳澤桂子　ヒトゲノムとあなた
柳澤桂子　すべてのいのちが愛おしい 生命科学者から孫へのメッセージ
柳澤桂子　永遠のなかに生きる

柳田国男　遠野物語
矢野隆　蛇衆
矢野隆　慶長風雲録
矢野隆　斗棋
山内マリコ　パリ行ったことないの
山川方夫　夏の葬列
山川方夫　安南の王子
山口百恵　蒼い時
山崎ナオコーラ　「『ジューシー』ってなんですか？」
山田詠美　メイク・ミー・シック
山田詠美　熱帯安楽椅子
山田詠美　色彩の息子
山田詠美　ラビット病
山田かまち　17歳のポケット
山中伸弥 畑中正一　iPS細胞ができた！ ひろがる人類の夢
山前譲・編　文豪の探偵小説

山前譲・編　文豪のミステリー小説
山本一力　銭売り賽蔵
山本兼一　雷神の筒
山本兼一　ジパング島発見記
山本兼一　命もいらず名もいらず(上)幕末篇
山本兼一　命もいらず名もいらず(下)明治篇
山本兼一　修羅走る 関ヶ原
山本文緒　あなたには帰る家がある
山本文緒　ぼくのパジャマでおやすみ
山本文緒　おひさまのブランケット
山本文緒　シュガーレス・ラヴ
山本文緒　まぶしくて見えない
山本文緒　落花流水
山本幸久　笑う招き猫
山本幸久　はなうた日和
山本幸久　男は敵、女はもっと敵

山本幸久　美晴さんランナウェイ
山本幸久　床屋さんへちょっと
山本幸久　GO!GO!アリゲーターズ
唯川恵　さよならをするために
唯川恵　彼女は恋を我慢できない
唯川恵　OL10年やりました
唯川恵　シフォンの風
唯川恵　キスよりもせつなく
唯川恵　ロンリー・コンプレックス
唯川恵　彼の隣りの席
唯川恵　ただそれだけの片想い
唯川恵　孤独で優しい夜
唯川恵　恋人はいつも不在
唯川恵　あなたへの日々
唯川恵　シングル・ブルー
唯川恵　愛しても届かない

唯川恵　イブの憂鬱
唯川恵　めまい
唯川恵　病む月
唯川恵　明日はじめる恋のために
唯川恵　海色の午後
唯川恵　肩ごしの恋人
唯川恵　ベター・ハーフ
唯川恵　今夜 誰のとなりで眠る
唯川恵　愛には少し足りない
唯川恵　彼女の嫌いな彼女
唯川恵　愛に似たもの
唯川恵　瑠璃でもなく、玻璃でもなく
唯川恵　今夜は心だけ抱いて
唯川恵　天に堕ちる
唯川恵　手のひらの砂漠
湯川豊　須賀敦子を読む

集英社文庫　目録（日本文学）

- 行成薫　名も無き世界のエンドロール
- 夢枕獏　神々の山嶺（いただき）（上）（下）
- 夢枕獏　黒塚 KUROZUKA
- 夢枕獏　ものいふ髑髏（どくろ）
- 養老静江　ひとりでは生きられない　ある女医の95年
- 横森理香　凍った蜜の月
- 横森理香　30歳からハッピーに生きるコツ
- 横山秀夫　第三の時効
- 吉川トリコ　しゃぼん
- 吉川トリコ　夢見るころはすぎない
- 吉木伸子　スーパースキンケア術　あなたの肌はまだまだキレイになる
- 吉沢久子　老いをたのしんで生きる方法
- 吉沢久子　老いのさわやかひとり暮らし
- 吉沢久子　花の家事ごよみ　四季を楽しむ暮らし方
- 吉沢久子　老いの達人幸せ歳時記
- 吉田修一　初恋温泉
- 吉田修一　あの空の下で
- 吉田修一　空の冒険
- 吉永小百合　夢の続き
- 吉村達也　やさしく殺して
- 吉村達也　別れてください
- 吉村達也　セカンド・ワイフ
- 吉村達也　禁じられた遊び
- 吉村達也　私の遠藤くん
- 吉村達也　家族会議
- 吉村達也　可愛いベイビー
- 吉村達也　危険なふたり
- 吉村達也　ディープ・ブルー
- 吉村達也　生きてるうちに、さよならを
- 吉村達也　鬼の棲む家
- 吉村達也　怪物が覗く窓
- 吉村達也　悪魔が囁く教会
- 吉村達也　卑弥呼の赤い罠
- 吉村達也　飛鳥の怨霊の首
- 吉村達也　陰陽師暗殺
- 吉村達也　十三匹の蟹
- 吉村達也　それは経費で落とそう
- 吉村龍一　旅のおわりは
- 吉村龍一　真夏のバディ
- よしもとばなな　鳥たち
- 吉行あぐり　吉行和子　あぐり白寿の旅
- 吉行淳之介　子供の領分
- 米澤穂信　追想五断章
- 米原万里　オリガ・モリソヴナの反語法
- 米山公啓　医者の上にも3年
- 米山公啓　命の値段が決まる時
- 隆慶一郎　一夢庵風流記
- 隆慶一郎　かぶいて候

集英社文庫 目録（日本文学）

連城三紀彦　美女
連城三紀彦　隠れ菊(上)(下)
わかぎゑふ　秘密の花園
わかぎゑふ　ばかちらし
わかぎゑふ　大阪の神々
わかぎゑふ　花咲くばか娘
わかぎゑふ　大阪弁の秘密
わかぎゑふ　大阪人の掟
わかぎゑふ　大阪人、地球に迷う
わかぎゑふ　正しい大阪人の作り方
若桑みどり　クアトロ・ラガッツィ(上)(下)　天正少年使節と世界帝国
若竹七海　サンタクロースのせいにしよう
若竹七海　スクランブル
和久峻三　夢の浮橋殺人事件　あんみつ検事の捜査ファイル
和久峻三　女検事の涙は乾く　あんみつ検事の捜査ファイル
和田秀樹　痛快！心理学 入門編 ――なぜ僕らの心は壊れてしまうのか

和田秀樹　痛快！心理学 実践編 ――どうしたら私たちはハッピーになれるのか
渡辺淳一　白き狩人
渡辺淳一　麗（うるわ）しき白骨
渡辺淳一　遠き落日(上)(下)
渡辺淳一　わたしの女神たち
渡辺淳一　新釈・からだ事典
渡辺淳一　シネマティク恋愛論
渡辺淳一　夜に忍びこむもの
渡辺淳一　これを食べなきゃ
渡辺淳一　新釈・びょうき事典
渡辺淳一　源氏に愛された女たち
渡辺淳一　マイ センチメンタルジャーニィ
渡辺淳一　ラヴレターの研究
渡辺淳一　夫というもの
渡辺淳一　流氷への旅
渡辺淳一　うたかた

渡辺淳一　くれなゐ
渡辺淳一　野わけ
渡辺淳一　化身(上)(下)
渡辺淳一　ひとひらの雪(上)(下)
渡辺淳一　鈍感力
渡辺淳一　冬の花火
渡辺淳一　無影燈(上)(下)
渡辺淳一　孤舟
渡辺淳一　女優
渡辺淳一　仁術先生
渡辺淳一　花（はな）埋（うず）み
渡辺淳一　男と女、なぜ別れるのか
渡辺雄介　MONSTERZ
渡辺葉　やっぱり、ニューヨーク暮らし。
渡辺葉　ニューヨークの天使たち。

＊

集英社文庫

鳥(とり)たち

2017年11月25日　第1刷　定価はカバーに表示してあります。

著　者　よしもとばなな

発行者　村田登志江

発行所　株式会社 集英社
東京都千代田区一ツ橋2-5-10　〒101-8050
電話　【編集部】03-3230-6095
【読者係】03-3230-6080
【販売部】03-3230-6393(書店専用)

印　刷　大日本印刷株式会社

製　本　大日本印刷株式会社

フォーマットデザイン　アリヤマデザインストア　マークデザイン　居山浩二

ISBN978-4-08-745658-5 C0193